KB181003

길은 여전히
꿈을 꾼다

길은 여전히 ★ 꿈을 꾼다

정수현

행복우물

★ 목차

2장. 그리움의 시간

3장. 네가 있어야 할 곳은 어디에

4장. 일몰처럼 아주 천천히

Prologue

짐을 싸고, 짐을 풀고, 다시 짐을 싸고 푸는 일에 익숙해졌던 여행의
막바지, 나는 인도의 바라나시에 있었다. 허름한 게스트하우스의 거
실을 뒹굴다가 낯익은 책을 잡아들었다. 여러 사람의 손을 거쳐 빛
이 바랜 오래된 류시화 시인의 책이었다.

날이 밝았으니 이제
여행을 떠나야 하리
시간은 과거의 상념 속으로 사라지고
영원의 틈새를 바라본 새처럼
그대 길 떠나야 하리

....

길은 또 다른 길을 가리키고

세상의 나무 밑이 그대의 여인숙이 되리라

별들이 구멍 뚫린 담요 속으로 그대를 들여다보리라

그대는 잠들고 낯선 나라에서

모국어로 꿈을 꾸리라

그대는 잠들고 낯선 나라에서 모국어로 꿈을 꾸리라, 모국어로 꿈을 꾸리라... 마지막 행을 계속 입 안에서 굴리며 나는 〈여행자를 위한 서시〉를 오래도록 붙잡고 있었다.

오래전 스무 살에 떠난 첫 배낭여행. 동해바다 어느 해수욕장의 새벽녘이었다. 축축해진 텐트를 열고 나와 졸린 눈을 비비며 쌀을 씻기 위해 수돗가로 갔다. 누군가 정성스레 손으로 적어 놓은 그 시가 기둥에 붙어 있었다. 그때도 나는 우두커니 서서 마지막 구절을 한참동안 바라보았다.

세계여행의 첫 방문지였던 방콕, 공항 문을 나설 때 코끝으로 밀려

들던 후끈한 열기를 잊지 못한다. 밤새 비행기를 타고 도착한 유럽의 첫 도시 리스본, 뜨거운 커피를 무릎에 쏟으며 몽롱한 정신이 깨어나던 순간을 잊지 못한다. 배를 타고 아프리카로 넘어가던 새벽, 이집트 누에바 항구를 자욱하게 적시던 축축한 안개를 잊지 못한다. 그거였던 거구나. 경계를 넘어간다고 생각했던 순간의 모든 느낌이 사실은 그날 동해바다의 비릿한 기억에 닿아 있던 것이었다.

경계를 넘고 싶었다.

하지만 그마저도 예정된 길이었다면, 벗어나고자 갈망했던 경계라는 건 애당초 존재하기나 했던 것인지. 가슴 시린 풍경 앞으로 다가가고자 애썼다. 알아들을 수 없는 언어 사이를 헤집고 들어가 낯선 이야기를 엿듣고 싶었다. 그렇게 함으로써 예정된 길 위에 서있었을 것이나, 미처 알아보지 못한 나를 만날 수 있으리라 믿었는지도 모른다.

여행에서 끼적였던 단상들을 주섬주섬 챙겨 엮는 것은 아직 가보지 않은 또 다른 길을 잇는 여정이기도 했다. 이 글이 여전히 낯선 길 위에서 모국어로 꿈꾸기를 소망하는 당신에게 가 닿을 수 있으면 좋겠다.

2021년 1월

정수현

하지만 그마저도 예정된 길이었다면

1 장.

비추어
_____

보다
_____

삶에도 그만큼의 여백을 허하라

파도

잔잔했던 바다에 갑자기

바람이 거세지며 파도가 높아졌다.

배는 심하게 출렁거렸고,

겁에 질린 사람들은 바닥으로 납작 엎드렸다.

그 때, 선장이 소리쳤다.

"파도가 칠 때는 멀리 보세요. 가까이 보면 메스껍습니다."

이과수는 마침표다

목구멍이라고 했다.

적진을 향해 맹렬한 기세로 달려드는 단기필마의 병사처럼

흘러가는 거센 물줄기에 눈을 맞추니

절벽으로 떨어지는 속도에 심장이 쪼그라든다

서늘한 물보라에 신경이 쭈뼛 가시를 돋운다.

이런,

삶의 수많은 다짐, 허다한 실패와 소소한 성취

그 감상에 젖을 찰나의 틈도 없이

툭!

아득한 깊이로 나동그라졌다.

악마의 목구멍 속으로 빠져 버렸다.

이과수 폭포는 아르헨티나와 브라질에 걸쳐 있다. 아르헨티나 방면
에서는 거대한 폭포 '악마의 목구멍(Garganta del Diablo)'을 위에서
볼 수 있다. 엄청난 수량의 물이 헤아릴 수 없는 폭과 깊이로 떨어지
는데, 그 아찔함은 수많은 번뇌와 생존에 대한 공포마저 집어 삼킨

다. 악마는 인생에 대한 구구절절한 변명 따위 들어줄 생각이 없는 것 같다. 브라질 방면에서 이과수를 보면 여러 폭포의 전체적인 풍광이 눈에 잘 들어온다. '악마의 목구멍'을 아래에서 보는 셈인데, 끝일 것만 같았던 직각의 추락도 여기서 보면 평면의 순탄함으로 바뀐다. 새로운 생명으로 부활한 폭포는 강이 되어 흘러간다.

시인 황규관은 '비문(非文)도 미문(美文)도 / 결국 한 번은 찍어야 할 마지막이 있는 것, / 다음 문장은 그 뜨거운 심연부터다'라고 썼다.

너저분한 일상에서 마침표를 찍고 싶었던 적 얼마였던가. 돌이킬 수 없는 지난날의 선택에 대한 아쉬움과, 인연이 아닌 거라고 생각할수록 더 잊지 못하는 괴로움은 빨리 마무리해야할 문장들이었다.

그런데 무슨 미련 때문인지 무슨 두려움 때문인지, 그 마침표 하나 찍기가 참 힘들었다.

찍고 나면 별거 아닐 텐데. 절벽에서 내리 꽂히는 저 폭포처럼.

물들인다는 것에 대하여

쉰 곳이 넘는 나라를 떠돌던 예술가가 있었다. 그는 브라질에 정착했지만 가난했기에 7년간 빈민가를 전전했다. 그러던 어느 날, 마을의 무너진 계단에 색색의 타일을 입히기 시작했다. 파란 하늘이 열리니 노란빛이 내려오고 초록의 들판이 펼쳐졌다. 그렇지만 사람들은 계단을 물들인 브라질의 상징들이 가난과 범죄로 얼룩진 빈민가와 어울리지 않는다며 비웃었다. 너저분한 타일과 'Ordem e Progresso*(질서와 진보)'는 이질적이라고 생각했을 것이다.

그는 아랑곳하지 않고 공사장 폐기물에서 타일을 주워와 작업을 이어갔다. 그러나 계단을 채우기에는 역부족. 그때 몇몇 이웃이 도움의 손길을 내밀었다. 우연히 이곳을 찾았던 여행객들의 입소문도 퍼져 60여개 국가에서 타일을 보내주었다. 많은 사람들의 관심과 참여 속에서 계단은 새롭게 창조되어갔다. 작업은 벽면까지 이어졌고 공간은 여러 주제로 채워졌다. 인류사의 큰 사건과 예술작품, 대중문화와 시대를 풍미한 유명인, 자연과 동물, 추상적인 그래피티까지. 개별적으로 보면 산만하기 그지없는 것들이 멀리서 보면 묘한 조화를 이루었다.

---

* Ordem e Progresso : 브라질 국기 안에 쓰인 문구

23년 동안 2,000여 개의 타일로 215개의 계단을 완성할 즈음, 그는 자살한 시신으로 계단에서 발견되었다. 리우 데 자네이루의 대표적인 빈민가 라파 지구를 유명 관광지로 탈바꿈시킨 호르헤 셀라론 (1947~2013)의 이야기다.

셀라론이 세상을 떠난 후 그를 추모하기 위해 많은 예술가들이 이곳을 찾아왔다. 그림을 그리고 노래를 부르고 퍼포먼스를 펼치며 그들은 계단을 더욱 다채롭게 물들여가고 있다.

원색의 색감이 뿜어내는 강렬한 에너지에 한번 취하고, 괴짜 예술가의 농담 같은 죽음에 한 번 더 취해 계단 주위를 서성거렸다.

벽에 커다란 세계지도를 그리고 있던 화가는 내게 다가와 이름을 한글로 적어달라고 했다. 그는 지도의 빈 공간을 방문객들의 모국어 이름으로 채워가고 있었다. 그렇게 내 이름은 남태평양 어딘가에 띄워져 셀라론의 계단을 장식하는 일부가 되었다. 계단 밑에서는 브라질 축구대표팀 유니폼을 입은 할아버지가 삼바 리듬에 맞춰 축구공

묘기를 선보이는데, 나는 그 모습을 놓치지 않기 위해 연신 카메라 셔터를 눌렀다.

물들인다는 건 은밀하고 위대한 일. 물들인다는 건 기분 좋은 전염. 나도 그처럼 세상을, 누군가를 경쾌하게 물들이고 싶어졌다.

도움닫기

지루했던 대기시간이 지나고

드디어 활주로 앞에 섰다.

굉음을 내며 달려가 육중한 동체를 끌어올리는 찰나지간(刹那之間),

네모난 좌석에 갇혀 있는 나는 벌써 창공으로 날아올라

붙들고 있던 매여 있던 모든 것을 발아래 두고

시점(視點)이 소멸하는 허공으로 떠나간다.

그 순간을 사랑한다.

아직 오지 않은, 아직 가지 않은

미지에 대한 설렘으로 충만한 시간,

탈주의 공간.

휴식이든 도망이든

변화를 띄워 올리기 위해서는

달릴 수 있는 최소한의 거리가 필요하다.

삶에도 그만큼의 여백을 허(許)하라.

화산에서의 새날 다짐

알고도 속는다. 알고도 속인다.

시간이라는 것이 본래 365일 12개월 24시간 1분 60초, 그런 단위로 쪼개져 있지 않을 진데. 1월 1일이라는 숫자가 다가오면 새삼스레 각오를 다지는 게 사람이다. 지난해에도 지지난 해에도 달라지지 않았다면 이번 해라고 크게 다르랴마는. 그래도 속는 셈치고 마음을 여미게 된다.

인도네시아에 온 만큼 화산에서 새해를 맞이하고 싶었다. 일명 '블루 파이어(Blue Fire)'를 볼 수 있는 이젠 화산(Gunung Ijen)에 가기로 했다. 블루 파이어는 분화구의 유황이 화산의 열기에 녹아 푸른 불꽃을 내며 액체로 흘러내리는 것을 가리킨다. 늘 보던 태양보다는 살아 꿈틀대는 파란 불꽃이 힘이 될 것 같았다.

블루 파이어는 새벽 3~4시 사이에 볼 수 있기 때문에 한밤중에 산행을 시작했다. 분화구 밑으로 다가갈수록 독한 유황가스 연기가 자욱했다. 미리 지급받은 방독 마스크를 서둘러 착용했지만 그래도 숨을 쉬기가 힘들었다.

그런데 분화구에서 유황을 채취하는 노동자들은 변변한 보호 장구도 없이 작업을 하고 있는 게 아닌가. 수십 킬로그램에 달하는 유황바구니를 어깨에 메고 분화구를 오르내리는 그들의 어깨에는 바구니의 줄 자국이 선명했다. 방독 마스크를 쓴 여행객과 수건으로 대충 얼굴을 감싼 노동자들이 뒤섞인 새벽 풍경. 난감했다. 힘들게 일하고 있는 사람들 속에서 블루 파이어 구경이나 하고 있어도 되는 것인지.

사진에 푸른 불꽃만 남긴다면 중요한 무언가를 빼놓는 것 같았다. 블루 파이어를 배경으로 묵묵히 일하는 사람의 모습을 같이 담고 싶었다. 유황을 주워 담고 있는 한 남자에게 다가가 촬영을 해도 되는지 조심스럽게 물으니, 오케이!

그는 무심히 일에 열중했다. 그러다 갑자기 유황 하나를 불쑥 내밀었다. 특별히 싸게 줄 테니 사란다. 뜬금없는 제안에 잠시 망설이다가 거절했다. 혹시나 그가 마음이 상했을까 나는 화제를 바꾸어 바구니의 무게를 물어보았다. 그는 대답 대신 장난스러운 표정으로 직접 들어보라고 했다. 나는 두 손으로 있는 힘껏 올려보았지만 바구니는 꿈쩍도 하지 않았다. 그는 비켜보라는 눈빛으로 가슴을 쭉 펴고는 어깨 위로 바구니를 번쩍 들어 올렸다. 그리고 브이(V)자를 그리며 미소 지었다. 비탈을 오르는 그의 얼굴에는 진한 땀방울이 흘러 내렸고 입에서는 더운 입김이 배어 나왔다. 바지를 무릎까지 걷어 올린 종아리에서는 굵은 힘줄이 터져 나올 것만 같았다.

분화구 정상으로 다시 올라오니 사방은 이미 환하게 밝았다. 어두울 때 볼 수 없었던 화산의 전경이 눈앞에 펼쳐졌다. 화산 폭발로 모든 생명체가 사라졌던 민둥산에는 연둣빛 초목이 올라오고, 밤새 유황을 담아 올렸던 인부들의 바구니는 거친 숨을 뱉으며 쉬고 있었다.

유황가스로 매웠던 새벽의 화산은 기대만큼 예쁘고 멋있지는 않았다. 그러나 고된 노동 속에서도 여유를 잃지 않았던 사내의 모습은 새로운 시작에 진정으로 필요한 것이 무엇인지를 몸으로 말하는 듯했다. 머리만 앞서는 나 같은 이에게 무엇이 중요한가를 이야기하고 있었다.

고흐, 행복한 사람

빈센트 반 고흐가 생의 마지막을 불 태웠던 곳, 오베르 쉬르 우아즈 (Auvers-Sur-Oise). 파리에서 그곳으로 가던 날에는 비가 추적추적 내렸다.

한 시간 남짓한 기차여행에서 나는 고흐와 동생 테오가 주고받았던 서간집(書簡集)을 펴들었다. 아직 피어나지 못한 예술가의 고뇌와 형의 모든 것을 묵묵히 지켜봐주던 동생의 이야기는 훈훈했다. 호사가들의 자극적인 수식을 덜어낸 고흐의 삶에는 천재도 광인도 아닌 꿈꾸고 욕망하는 평범한 인간이 숨을 쉬고 있었다.

"인물화나 풍경화에서 내가 표현하고 싶은 것은, 감상적이고 우울한 것이 아니라 뿌리 깊은 고뇌다. 내 그림을 본 사람들이, 이 화가는 깊이 고뇌하고 있다고, 정말 격렬하게 고뇌하고 있다고 말할 정도의 경지에 이르고 싶다. 흔히들 말하는 내 그림의 거친 특성에도 불구하고, 아니, 어쩌면 그 거친 특성 때문에 더 절실하게 감정을 전달할 수 있을지도 모른다. 이렇게 말하면 자만하는 것처럼 보일지도 모르지만, 나의 모든 것을 바쳐서 그런 경지에 이르고 싶다."

_ (1882년 7월 21일 고흐가 테오에게 보낸 편지 中)

"형의 그림들 속에는 싸구려 그림들에서는 결코 발견할 수 없는 힘이 있어. 그 그림들은 시간이 흘러 물감의 층이 안정되면서 더 아름다워질 거야. 언젠가는 분명 큰 평가를 받게 될 거라고."
_ (1889년 5월 22일 테오가 고흐에게 보낸 편지 中)

잔뜩 구름이 드리운 오베르 쉬르 우아즈의 기차역은 한산했다. 이 작은 시골마을에서 고흐는 남은 생의 70여 일 동안 무려 70여 편의 그림을 그렸다. 〈까마귀가 있는 밀밭〉, 〈오베르 쉬르 우아즈의 교회〉 등 우리에게 익숙한 작품들의 원본이 되는 풍경이 100년이 넘은 지금까지 그대로 존재하고 있다. 시청에서부터 교회와 마을 안 골목, 밀밭과 담장 밑에 핀 꽃들까지, 걸어가며 마주하는 모든 것들이 살아있는 그림 그대로다.

라부여관으로 올라간다. 무엇이 그리도 힘들었던가. 스스로 총을 쏘았던 고흐가 조여 오는 죽음의 그림자를 달고 올라갔던 좁은 계단을 따라 올라간다. 삐걱대는 나무 바닥 초라한 방에는 천장으로 창이 나있어 작은 하늘을 올려다 볼 수 있다. 테오의 품에 안겨서 깊은 숨을 내쉬던 그날도 저 창이 있었을까? 그랬으면 좋았겠다. 마지막 순간에 뱅글뱅글 휘감아 도는 별들이 그의 눈에 담겼으면 좋았겠다.

까마귀가 날던 밀밭 근처의 공동묘지에는 고흐와 테오가 나란히 누워있다. 푸른 담쟁이 넝쿨이 묘지를 포근하게 덮었다. 형을 너무나 사랑하여 아들의 이름까지 '빈센트'로 지었던 테오는 고흐 죽음에 대한 상실감 때문인지 6개월 후 형을 따라갔다.

"온 세상 다 나를 버려 / 마음이 외로울 때에도 / '저 맘이야'하고 믿어지는 / 그 사람을 그대는 가졌는가". 함석헌 선생의 시 〈그 사람을 가졌는가〉의 한 구절이 생각나던 형제의 무덤. 가난, 고독, 불운, 외로움, 고뇌, 불행…… 고흐를 설명하는 수많은 비애의 단어들 중에서 '불행' 하나는 덜어내도 괜찮겠다는 생각이 들었다.

체 게바라의 뒷모습

아바나(Havana) 혁명광장은 공원화되기 이전의 여의도광장을 닮았다. 그래도 아스팔트 벌판이 황량하게 느껴지지 않은 까닭은 광장의 끝자락 건물외벽을 장식한 체 게바라의 얼굴 때문이리라. 갈기 머리에 별 하나 박힌 베레모를 쓰고 우수에 찬 표정으로 먼 곳을 보고 있다. 얼굴 아래 흘림체로 적힌 'Hasta La Victoria Siempre (영원한 승리를 위하여)'는 그를 혁명의 아이콘으로 완성시키는 화룡점정이다.

산타클라라(Santa Clara)는 '체 게바라의 도시'로 불린다. 1958년 12월, 체 게바라가 이끌던 게릴라 부대는 산타클라라에서 정부군을 격파했다. 이 전투는 혁명군의 승리에 결정적인 계기가 되었다. 혁명정부에서 요직을 맡았던 그는 몇 년 후 자리를 내려놓고 홀연히 떠났다. 또 다른 혁명을 위하여. 콩고에서 잠시 활동하다가 다시 볼리비아로 갔고, 1967년 전장에서 사로잡혀 총살되었다. 현장에 그대로 버려졌던 시신은 30년이 지난 1997년에서야 수습되었고, 다시 쿠바로 돌아와 산타클라라의 기념관에 안장되었다.

기념관의 규모는 대단했다. 석벽 위에 세워진 동상이 얼마나 크던지 가까이에서는 사진앵글에 담을 수도 없었다. 석벽에는 그의 활약상과, 쿠바를 떠날 당시 카스트로에게 남겼던 자필편지가 부조(浮彫) 형태로 꾸며져 있다. 유골을 모신 추모관에는 꺼지지 않는 영원의 불꽃이 타오르고 있다. 기념관 전체를 감도는 엄숙함은 어디를 가든지 경쾌한 쿠바의 분위기를 떠올리면 생경하기까지 하다. 쿠바가 얼마나 체 게바라를 애정하고 존경하는지를 읽을 수 있는 대목이면서, 한편으로는 기념관이 신전을 닮아가고 있다는 생각이 들기도 했다.

추모관을 나오며 우연히 동상의 뒷모습을 보았다. 오른손에는 총을 들었고 부상을 입은 듯한 왼팔은 불편해 보였다. 굳은 어깨에서는 전장의 긴장감과 피로가 느껴지고, 거친 질감의 군복 아래로는 맥박이 뛰고 더운 피가 흐를 것만 같다.

"우리 모두 리얼리스트가 되자. 그러나 가슴속에 불가능한 꿈을 가지자."

모든 억압과 수탈에 저항하며 싸우고자 했던 혁명가의 외침은 동상의 뒷모습을 닮았다. 상품화 되어버린 아바나광장의 이미지, 신격화된 기념관의 위엄보다 고단한 현실을 짊어진 이 모습이야말로 인간체 게바라의 실체에 가까워보였다.

얼굴에 한 사람의 인품이 담긴다면, 거울로도 보기 힘든 뒷모습에는 그 사람의 인생이 서려 있을 것이다. 그러고 보니 다른 사람의 뒷모습은 늘 보며 사는데, 정작 내 뒷모습을 본 적이 언제인가 싶다.

라 보카의 B급 댄서에게

부에노스아이레스에서 함께 지냈던 J는 휴대폰으로 탱고 영상을 내게 보여 주었지. 어젯밤 클럽에서 찍어온 것이라고 했어. 화려한 무대 위로 뱅글뱅글 돌아가는 댄서들은 평면의 화면을 뚫고 튀어나올 것만 같았지. 애절한 감정으로 뒤엉켜 휘감겼다 풀어지기를 반복하는데, 현란한 몸짓에 내가 다 아찔해지더라고.

큰 클럽의 공연은 멋있었지만, 그래도 나는 다른 곳에서 탱고를 보겠다고 마음먹었어. 탱고의 발상지라는 라 보카(La Boca) 거리에서 날 것에 가까운 탱고를 느껴보고 싶었던 거야. 늦은 오후, 식어가는 햇살이 라 보카 거리를 비추었지. 알록달록한 건물들은 과거 이곳에 모여든 가난한 이민자들의 사연만큼이나 다채로웠어. 탱고의 슬픔과 그리움은 거기에서 비롯되었다고 해.

탱고의 영혼이라는 반도네온(bandoneon)* 소리를 좇아 걷다가 그들을 만났지. 셔츠단추가 터져버릴 듯 단단한 가슴을 가진 남성 댄서는 머리부터 구두까지 윤기가 흘렀고, 잘록한 허리에 체리색 드레스가 휘감기던 여성 댄서는 한 스텝 스텝마다 농염한 미소를 흘렸지. 그런데 뭔가 이상했어. 그들의 탱고는 영상으로 봤던 공연과는 달랐거든. 느렸지. 템포 사이에 구멍이 난 것처럼.

그건 손님들을 위한 배려였어. 사진으로 남길 만한 동작에서 잠시 멈춰주었던 거야. 공연이 끝나고 그들은 레스토랑을 한 바퀴 돌며 팁을 받았지. 돈을 더 내는 사람과는 함께 포즈도 취해 주었고. 왜 탱고사진하면 떠오르는 그런 자세 있잖아. 그러니까 그들의 춤은 호객용 B급 퍼포먼스였던 셈이야.

순간 서글픈 마음이 들더라고. 그들이 탱고를 처음 시작할 때 품었을 꿈이 떠올랐어. 돈과 명예는 아니더라도 많은 사람들에게 감동을 주는 무대에 서겠다는 포부 정도는 가지고 있지 않았을까. 현재의 모습은 그들이 처음 그렸던 꿈과는 많이 달라져 있을 것 같았어.

어떤 분야든 별이 되고 싶지 않았던 사람이 있을까. 최고의 자리는 아니더라도 번듯한 무대에서 가지고 있는 모든 것을 보여주고 싶다는 그런 소망. 하지만 현실과 타협하며 쓸쓸히 접게 되는 그것들.

〈미생〉에서 장그래는 프로 바둑기사에 대한 꿈을 단념하며, '열심히 하지 않아서' 그런 것이라고 마음을 정리하지. 재능이 부족했거나 운이 없었거나 주변 환경이 어려웠기 때문이라고 한다면, 그건 너무 아프니까. 그냥 열심히 하지 않은 것으로 하자고.

별이 되지 못한 수많은 꿈들에게 가슴 시린 그 위로를 전해야 하나? 아픈 생각을 하고 있던 차에, 나는 댄서들의 얼굴을 보았지. 관객들과 사진을 찍으며 즐거워하는 그들의 미소를. 화려한 무대는 아니지만 보는 이들에게 기쁨을 주고 스스로 행복하다면, 별이 되지 못한 꿈의 조각들은 흩어져 사라지는 게 아니라 다르게 빛나는 게 아닐까.

탱고는 라틴어로 '가까이 다가가다, 마음을 움직이다'는 뜻이 있다더군. 비록 노천 무대였지만 최선을 다한 당신들의 모습은 정말 멋졌어. 마음으로 다가가 마음을 흔들었다면 충분히 성공한 거야. 내 생각이 짧았던 것 같아. B급 퍼포먼스라고 했던 말, 취소할게. 세상에 둘도 없는 훌륭한 탱고였어.

---

* 반도네온(bandoneon) : 작은 손풍금. 네모난 측면과 주름상자로 구성되었으며 단추를 눌러 연주한다.

비추어 보다

우유니 소금사막은 해발고도 3,653m에 자리하고 있다.

아주 오래전 지각변동으로 바다가 솟아올랐고 빙하기를 맞았다.

그 바다는 2만 년 전부터 서서히 녹기 시작하여 호수가 되었는데,

비가 적게 내리는 건조한 기후 탓에 호수의 물은 모두 증발해버리고

소금만 남게 되었단다.

우기인 12월부터 3월 사이에 비가 내리면

소금사막은 아주 얇은 호수가 된다.

종이를 가로로 접어 위 아래로 똑같은 형상을 찍어내는 비경은

이 시기에 포착할 수 있다.

물찬 소금사막의 거대한 반영(反映)을 처음 마주하면

꿈속에서 꿈을 꾸는 듯한 환영에 빠져든다.

태초에 물 위에 비친 제 모습을 바라본 인간은 어떠했을까?

깜짝 놀라 겁을 먹고 뒷걸음질을 치지 않았을까.

그것이 무서운 존재가 아니라는 사실을 알고 나서는

그 모습이 신기했을 것이다.

세월이 흘러 조금 더 진화한 인간은

물에 비친 얼굴 너머 심연의 세계를

알고 싶다는 생각에 잠겼을 테다.

춘추전국시대를 살았던 묵자는 이런 구절을 남겼다.

不鏡於水 鏡於人 (불경어수 경어인)

거울에 비추어보지 말고 사람에 비추어보란 의미.

여기에서 사람은 나를 둘러싼 관계가 될 수도 있을 것이고,

사회나 역사가 될 수도 있을 터.

해가 지고, 별이 뜨고, 다시 별이 지고 해가 뜰 때까지

소금사막의 몽환적인 거울 앞에 넋을 잃고 있던 나는,

문득 내가 어디까지 진화한 인간인지 궁금해졌다.

초심자의 행운

페트라의 밤은 낮다. 발목 높이 작은 등불들이 도열하여 사원으로 가는 길을 안내한다. 병풍처럼 이어진 사암 협곡에는 세월의 숨결이 주름져 있다. 등불은 병풍과 병풍 사이를 비추고 검붉은 빛이 은은하게 공간을 채우며 퍼져 나간다. 마지막 협곡을 돌아 들어가는 순간.

알 카즈네(Al Khazneh) 신전은 '쌓아 올린' 건축물이 아니라 '절벽을 깎아서' 만든 것이라고 했다. 밤의 적막을 깨우지 않기 위해 사람들은 조심조심 신전 앞으로 모여 앉았다. 어두운 허공의 바다에 촛불이 부표처럼 흔들리고 베두인의 피리 소리는 하늘로 올랐다. 경건한 의식에 화답하듯 별빛이 머리 위로 사뿐히 내려앉았다. 스르르 눈이 감기며 이 황홀한 밤에 이르는 여정이 떠올랐다.

중동의 태양은 뜨겁게 타오르고 내 속도 타 들어가고 있었다. 이스라엘에서 요르단까지 가는 경비를 줄이고자 비행기 대신 육로이동을 택했다. 국경을 넘고 나서 수도 암만까지 가는 버스는 없지만, 합승택시를 타면 부담이 크지 않다는 정보를 인터넷에서 확인했다. 그런데 막상 요르단 입국 절차를 마치고 밖으로 나오니 아무도 보이지 않았다. 앞뒤로 배낭을 메고 땀을 삘삘 흘리는 동양인은 분명 호구로 보였으리라. 택시는 많았지만 기사들은 담합이라도 한 듯 터무니없는 금액을 불렀다. 시간을 들이고 고생하며 비행기 값을 아낀 의미가 없어질 만큼의 액수를.

그때, 입국사무소 쪽에서 무슬림 사내 세 명이 걸어왔다. 그들도 택시 흥정을 하는가 싶더니 이내 돌아섰다. 한 명이 휴대폰으로 전화를 하는 사이에 덩치 큰 사내가 다가왔다. 암만까지 가는 차를 부르려고 하는데 같이 타겠냐고 물었다. 마땅한 선택지가 없었기에 얼떨결에 그러겠노라 했다. 잠시 후 승용차가 도착했고, 차에서 내린 운전수는 그들과 원래 알던 사이처럼 반갑게 포옹을 나누었다. 누군지도 모르는 무슬림 셋에 정체불명의 자동차라…… 순간 불길한 생각이 스쳤다. 지금이라도 동승하지 않겠다고 얘기를 할까, 고민이 되었다.

자유의 반대말은 속박이 아니라 관성이라고 했던가. 나는 계획을 세

위야 움직이고, 계획대로 되어야 안심이 되고, 계획에서 어긋나면 어찌할 바를 몰라 하는 사람이다. 늘 변수가 따르는 여행의 속성을 받아들인다면 그런 습관을 바꿀 수 있지 않을까, 하는 바람은 여행을 결심하게 만든 이유 중 하나이기도 했다. 여행을 시작하고 초반에는 불확실한 상황을 수용하며 변해가는 듯 했으나, 점점 시간이 지날수록 관성이 다시 작동하고 있었다. 고민을 바로 끊고 승용차에 오른 것은 여행의 초심을 회복하고자 했던 행동이었다.

걱정했던 것과 달리 그들과의 동행은 시간가는 줄 몰랐다. 알라를 설명하는 그들의 표현은 이전에 어디에서도 들어본 적 없는 문학적 수사로 가득했다. 알라는 한 손에는 칼 한 손에는 코란을 든 호전적인 인격신이 아니었다. 세상의 조화를 추구하는 평화와 사랑의 섭리에 가까웠다. 그들은 내게 '압둘라'(알라를 신봉하는 사람이라는 의미)라는 무슬림 이름도 지어 주었다. 이후 이슬람 국가를 여행할 때 그 이름을 사용하면 예상치 않은 행운이 따르기도 했다.

달달한 쿠키를 먹으며, 더 달달한 그들의 코란 암송을 들으며 어느

새 암만에 도착했다.

그들은 어느 모스크에 먼저 내렸다. 홀로 남겨진 내가 걱정되는지 운전수에게 가야 할 게스트하우스 주소를 몇 번이고 확인했다. 헤어짐의 아쉬움을 포옹으로 달랬다. 다시 승용차는 출발했고 얼마 후 목적지에 도착했다. 트렁크에서 배낭을 꺼내며 내가 부담해야 할 요금을 운전수에게 물었다. 그랬더니 기사는 의아한 표정을 지었다. 계산은 아까 그 모스크에서 이미 다 끝났다고.

페트라의 밤하늘을 올려다보며 나는
나지막하게 세 글자를 읊조렸다.

마크툽*!

---

* 마크툽 : 대개 종교적인 의미로 쓰이는 아랍어. '그건 내가 하는 말이 아니라 이미 씌어 있는 말이다', '어차피 그렇게 될 일이다' 정도의 의미.

한 끗 차이

터키 최고의 이슬람 사원 '술탄 아흐메트 1세 모스크'는 돔을 장식한 푸른빛의 타일로 유명하여 흔히 '블루 모스크'로 불리는 곳. 아흐메트 1세는 제국의 위용을 과시하기 위해 모스크를 '황금(altun, 알튼)'으로 만들라고 지시했다. 그런데 신하들이 그 말을 비슷한 발음인 '6(alti, 알티)'으로 잘못 알아듣고 모스크에 6개의 첨탑을 올렸다. 그리하여 블루 모스크는 6개의 첨탑을 갖게 되었는데 그것은 큰 문제였다. 왜냐하면 각각의 모스크는 건립한 사람의 지위에 따라 첨탑의 개수를 달리하는데, 6개의 첨탑은 오직 메카의 성전에만 허용된 절대적인 위엄이었던 것. 가만두면 술탄이 메카의 권위에 도전한다는 의심을 살 수밖에 없는 상황. 고심하던 술탄은 메카의 성전에 한 개의 미나렛을 더 만들어 바치며 난감한 상황을 타개했다. 발음 한 끗 차이가 만들어낸 역사적인 해프닝이었다.

블루 모스크는 예배시간에는 관광객들을 받지 않았다. 개방이 허용된 시간대에도 예배공간에는 무슬림 이외의 사람들은 들어갈 수 없었다. 모스크 본당에 들어서니 높은 천장은 은은한 푸른빛이 감돌고, 창으로 들어오는 햇살은 붉은 양탄자 바닥을 따스하게 비추었다. 금줄 바깥에 서서 예배를 기다리는 무슬림들을 보았다. 작은 책상 앞에 무릎을 꿇고 앉은 노인은 동그란 안경알 너머로 코란을 읽고 있었다. 어린 아들을 데리고 온 아버지는 메카를 향해 기도하는 법을 가르쳐주고 있었다.

그러나 이런 경건한 모습과 사뭇 다른 광경도 눈에 들어왔다. 바닥 여기저기에 널브러져 스마폰을 보거나 낮잠을 자는 사람들도 있었다. 엄숙한 모습만을 상상했는데 그 환상이 깨어지자 내 마음에도 작은 일탈이 일어났다. 마침 점심식사를 하고 나른하던 터, 금줄 밑으로 몰래 기어들어가 잠자는 신자들 사이에 누웠다.

잠깐 눈을 감았을 뿐인데 시간이 훌쩍 지나버렸다.

모스크 안에 관광객은 아무도 보이지 않았다. 바닥에 누워있던 사람들은 모두 일어나서 언제 그랬냐는 듯 옷매무새를 단정히 하고 진중한 표정을 짓고 있었다. 밖으로 나가기도 애매하고, 이렇게 된 김에 알라를 향한 의식에 동참하기로 마음먹었다.

모스크는 절이나 교회당에 비해서 예배를 집행하는 공간이 단출했다. 알라 앞에서는 모든 사람이 평등하다는 이슬람 정신이 성직자의 권위를 크게 인정하지 않아서 그렇다는 이야기를 언젠가 들은 적이 있다. 그래서인가. 신자들은 '당신이 먼저 왔으니 앞에 서세요' 라는 눈빛으로 나를 자꾸 앞으로 떠밀었다. 뒷줄에서 대충 따라하면 되겠거니 했는데 어느새 두 번째 줄에 서고 말았다.

경건한 예배에 재를 뿌려서는 안 된다는 일념뿐이었다. 앞줄에 선 사람들의 동작에 집중했다. 양손을 배로 모아서 눈을 감고 중얼중얼, 양손을 귀 옆으로 올려서 또 중얼중얼, 허리를 숙이고 아래를 내려 보았다가, 무릎을 꿇고 이마를 바닥에 대었다가, 다시 일어섰다가……, 다음 동작을 놓치지 않기 위해서 눈동자를 땀이 나도록 굴렸다.

그런데 바닥에 무릎을 꿇고 앉는 동작은 따라 하기가 힘들었다. 양발을 똑같은 형태로 하면 편할 텐데, 그들은 왼발의 발목은 오른쪽으로 완전히 꺾고 오른발의 발가락은 세우는 기이한 형태를 취했다.

앉기에도 보기에도 불편한 삐딱한 자세. 아마도 터키사람들은 좌식 생활에 익숙하지 않아서 그렇게 어정쩡하게 앉을 수밖에 없으리라 생각했다.

며칠 뒤 나는 이스탄불을 떠나 카파도키아로 갔다. 게스트하우스 주 인 야샤르는 한국인 부인과 살고 있었다. 그의 한국어는 미묘한 뉘 앙스까지 이해하고 구사하는 수준이었다. 덕분에 편안하게 우리말 로 두 나라의 역사와 문화에 대하여 이야기를 나눌 수 있었다. 마침 블루 모스크에서 있었던 일을 얘기하다가 궁금했던 무릎 꿇고 앉는 자세에 대해 물었다. 내 질문에는 이미 좌식생활에 익숙하지 않아서 편하게 앉지 못하는 것 아니냐는 확신이 깔려 있었다.

"아, 그거는 선지자 마호메트 때문이에요. 마호메트가 그 자세로 앉 았다고 해요. 그래서 모든 무슬림들은 마호메트를 따라 그렇게 하는 거죠."

야샤르가 대답했다. 그리고 터키사람들도 좌식생활을 하기 때문에 무릎을 꿇거나 쪼그려 앉는 동작이 어렵지 않다는 말도 덧붙였다.

흔히 여행을 일컬어 편견을 깨는 것이라고 한다. 하지만 여행하는 것만으로 저절로 그렇게 될 수 있다면 얼마나 좋겠는가. 여행의 제한된 경험은 오히려 편견을 강화시키는 방향으로 작용하기도 한다. 아마 한국어가 유창한 야샤르를 만나지 못했다면 나는 오랫동안 무슬림의 예배 자세를 오해하게 되었을 것이다. '한 끗 차이'에 대한 주의와 겸손이 어디 여행에만 해당되는 일이겠는가.

찍다, 지우다, 남기다

"우리가 우리 안에 있는 것들 가운데 아주 작은 부분만을 경험할 수 있다면, 나머지는 어떻게 되는 걸까?"

_ 소설 〈리스본행 야간열차〉 中

혼자 여행을 하면 누군가에게 사진을 찍어달라고 부탁하는 경우가 생긴다. 그런데 사진기를 돌려받고 나서 내 의도대로 찍히지 않은 사진을 보며 실망했던 적이 많았다. 사물이 원했던 구도로 잡히지 않기도 하고, 부담스러울 정도로 내 얼굴이 화면을 가득 채우는 경우도 있었다.

그런 일을 몇 차례 겪은 후, 나는 '사진 찍는 사람'을 유심히 관찰하는 버릇이 생겼다. 나와 같은 시공간에 머무는 저 사람은 뷰파인더에 어떤 이미지를 담을까? 무엇을 중심에 놓고, 구도는 어떻게 잡으며, 순간의 느낌을 살리기 위해 어떤 효과를 쓸까.

눈앞의 광경을 모두 담을 수는 없으니 찍는다는 행위는 필연적으로 선택이다. 그리고 찍어 놓은 사진 중에서 추려내고 지우는 작업은 또 다른 선택이 된다. 찍기만 하고 귀찮다고 내버려두면 정작 필요한 사진을 건질 수 없으니 생략할 수 없는 과정이다. 때론 버리는 일이 무언가를 취하는 일보다 더 힘이 든다.

사진기를 들여다보다가 지나간 인생의 풍경 속에서 내가 선택했던 것들과 선택하지 않았던 것들을 떠올려본다. 기억하고자 애쓴 것과 망각하고자 애쓴 것을 더듬어본다.

살 수 있었으나 살지 않은 날들과,

살고자 했으나 그렇게 살지 못한 날들과,

살았으나 살지 않은 것처럼 버려진 날들은 모두 어디로 갔는가.

그렇게 지금 남겨져 있는 나는 누구인가?

2 장.

그리움의

시간

별과 별 사이의 어둠을 연결하여 새를 그렸다

서울 4르 8063

우유니 소금사막 가는 길에는 기차무덤이 있다. 20세기 초 볼리비아에서 칠레로 광물과 소금을 실어 나르던 기차는 죽은 지 오래 되었다. 작열하는 태양과 바람을 따라 기차의 혼은 어디론가 떠나가고 바스러질 것 같은 구릿빛 허물만 남아있다. 세월은 죽음에 대한 슬픔도, 사체(死體)에 대한 두려움도 희석시키는 마법이 있는 모양이다.

죽음이 증발된 자리, 사람들은 그래피티 문신을 한 철마의 등에 올라 사진을 찍었다.

오래 전에 우리 집에도 준마가 하나 있었다. 녀석을 처음 본 것은 중학교에 입학하던 날. 깜짝 퍼포먼스를 하듯 아버지는 은빛 소나타를 타고 나타나셨다. 그것은 열일곱에 무작정 서울로 올라와 자수성가한 50대 가장의 자부심이었고 고도성장의 정점을 향하던 대한민국 마이카 시대의 휘파람 같은 거였다. 아버지와 나는 주말이면 말여물 먹이 듯 차를 닦고 또 닦았다. 정성스레 세차를 마치고 나면 '서울 4르 8063' 번호판에서도 광채가 났다. 애지중지 보살핌 속에서 준마는 주인과 함께 쉼 없이 달리고 또 달렸다.

매일 밤 12시, 골목의 정적을 살며시 깨우며 들려오던 엔진 소리는 오늘 하루도 장사 잘 마치고 돌아왔습니다, 하는 귀가 보고와 같았다. 그렇게 딸 셋을 시집보내고 아들이 대학을 졸업하는 동안 가족의 한 시절을 곁에서 지켰다. 14년을 함께 했던 준마가 집 마당을 떠나가던 날, 나는 철에도 붉은 피가 흐른다는 것을 알았다.

언젠가 아버지께서는 고장 난 보일러를 점검하시면서 혼잣말처럼 중얼거리셨다. 사람이 늙으니 집도 덩달아 늙고 모든 게 흐리멍덩해지는 것 같다고. 그리고는 얼마 후 35년 된 무사고 운전면허증을 반납하시고 10만 원 짜리 교통카드를 훈장으로 받아오셨다.

소금기 묻어나는 바람에 눈을 비비며 우리 곁을 떠나간 준마의 행방을 생각한다. 한국에서 쓸모가 다한 중고차들은 바다 건너 남미로도 팔려 간다고 하니 어쩌면 가까운 어딘가에서 生의 마지막 엑셀레이터를 밟았을 지도 모를 일이다.

여러 손 거쳤지만, 그래도 마지막 순간 가장 그리운 사람은 제 몸처

럼 아껴주던 첫 주인이 아니었을까. 그리고는 우유니 사막의 오래된
기차들처럼 허물만 남겨 놓고 훨훨 날아갔을 것이다.

고물 기차 위에 올라 소금사막을 바라본다.
멀리 신기루처럼 펼쳐진 하얀 지평선 끝으로
서울 4르 8063이 힘차게 달려가고 있는 것 같았다.

세월의 경계를 넘어, 다시 젊은 아버지를 태우고 은빛 준마가 달려
가고 있을 것만 같았다.

부처의 등뼈

인도 부다가야의 마하보디사원은 석가모니께서 보리수 아래에 앉아 깨달음을 얻은 곳이다. 숙소에서 사원까지는 걸어갈 만한 거리였지만 한낮에 내리쬐는 태양은 무척 뜨거웠다. 잠시 다리쉼도 하고 목도 축일 겸 작은 카페에 들어갔다. 말끔하게 차려입은 청년이 정중히 인사하며 문을 열어주었다.

고급 레스토랑도 아니고 작은 카페에서 이런 친절을 베풀다니, 역시 부처님의 법력이 서린 고장은 뭐가 달라도 다르다는 생각에 기분이 좋아졌다.

주문받은 음료를 가져온 청년은 양해를 구하며 테이블에 앉았다. 그리고는 마하보디사원과 주변 명소에 대해 자상하게 설명해주었다. 알고 보니 그는 카페직원이 아니라 오토바이 투어가이드였던 것. 자신을 네팔 출신의 독실한 불교신자라고 소개했다. 석가모니가 고행했던 동굴과 우루벨라마을*을 둘러보고 마하보디사원을 보면 좋다고 했다. 원래 계획에 없었고 비용도 만만치 않아 고민이 되었다. 그렇지만 이렇게 예의바르고 진실해 보이는 청년과 함께 한다면 의미

---

* 우루벨라(Uruvela)마을 : 석가모니는 극심한 고행을 마친 후 우루벨라마을의 수자타 소녀로부터 우유죽을 공양 받았다. 원기를 회복한 후 보리수 아래에서 선정에 들어 깨달음을 얻었다.

있는 성지순례가 될 거라는 믿음이 생겨 흔쾌히 제안을 수용했다.

오토바이는 속도를 높였다. 뒷좌석에 앉은 나는 몸이 뒤로 쏠리지 않도록 그의 등에 기대었다. 넓은 등판에 굵은 뼈마디가 그렇게 듬직할 수 없었다. 혹시 이 사람은 오늘 내게 큰 깨우침을 주기 위해 나타난 부처님의 현현(顯現)이 아닐는지. 석가모니께서 깨달음을 얻기 전 목욕을 했던 니란자나 강이 바람 사이로 스쳐 흐르고 유쾌한 상상은 나래를 폈다.

얼마쯤 달렸을까. 그는 일본사람과 일본에 대해 칭찬하기 시작했다. 가만히 듣고 있다가, 왜 계속 일본 이야기를 하냐고 물었다. 그는 내가 일본사람 아니었냐며 반문했다. 분명히 카페에서 나는 한국에서 왔다고 말했고, 그도 한국을 정말 좋아한다며 K팝과 한국드라마에 대해 칭찬을 하고 그랬는데……

이윽고 오토바이는 주유소로 들어갔다. 계기판의 눈금이 충분했음에도 그는 기름을 가득 채웠다. 그러고는 결제를 요구했다. 원래 이

것이 투어에 포함된 것이냐, 그런 말은 카페에서 없지 않았느냐며 물으니 그의 표정이 일그러졌다. 이후 그는 계속 투덜거렸다. 일본사람들은 매너가 좋고 착하다며 비아냥거리기까지 했다. 곰곰이 생각해보니 그가 네팔 출신이라는 말도 불교신자라는 말도 모두 거짓인 듯했다. 땀에 절어 축축하게 비린내가 풍기는 그의 등이 역겹게 느껴졌다. 한번 불편해진 심기는 좀처럼 풀리지 않았고 불쾌한 경험이 잇따랐다. 석가모니 고행처를 지키는 승려는 기부금을 무슨 통행료 받듯 걷었고, 우루벨라마을의 고아학교 교직원은 내가 낸 기부금의 액수를 보곤 시큰둥한 표정을 지었다. 마하보디사원 앞 식당에서 시킨 치킨요리는 질기고 형편없었다.

속으로 나는 소리쳤다. "이게 다 그 XX때문이야!"

분노가 가시지 않은 상태에서 마하보디사원으로 들어섰다. 사원에서는 신발을 벗어야했다. 맨발로 땅을 딛는 순간, 아이쿠! 햇볕에 달귀진 바닥은 불판처럼 뜨거웠다. 한 걸음 한 걸음 내딛는 게 고행이었다. 불당 뒤편 보리수 그늘에 앉으니 그제야 좀 살 것 같았다.

맨발로 뜨거운 바닥을 걷는 동안, 호객꾼에게 속아 시간과 돈을 허비했다는 생각 따위는 올라오지 않았다. 그늘에 앉아 발바닥의 열기가 사라지니 잠시 전 그토록 벗어나고 싶던 통증도 찾을 수가 없었다. 순간 하루 종일 꾸었던 여러 가지 꿈에서 깨어나는 것 같았다. 귀인(貴人)이라 여겼던 그의 등도, 살을 맞대고 싶지 않을 정도도 혐오스러운 그의 등도 모두 내 마음이 지어낸 이야기였다.

번뇌의 꿈에서 깨어나 보리**의 꿈을 꾸려하지 말고, 그저 꿈은 꿈이라는 걸 알고 깨어나라고 석가모니께서 설하셨던가.

** 보리(菩提) : 불교 최고의 이상인 불타 정각의 지혜.

잠을 깨우는 시원한 바람이 불어와 보리수에 매달린

나뭇잎 하나를 허공으로 띄웠다.

아야 소피아를 파괴하지 않은 까닭은

네 번째 아잔*이 이스탄불의 허공을 울리는 늦은 오후의 에미노뉴 선착장. 좁은 해협 사이로 유럽과 아시아를 오가는 페리는 사람들을 가득 싣고 들어와 부려놓고, 또 그만큼의 사람들을 태워 떠나갔다. 갈라타 다리 밑 케밥 노점에서는 고등어 굽는 냄새가 뱃고동처럼 피어오르고, 다리 위의 낚시꾼들은 게으름을 건져 올렸다. 난간에 앉은 여인들의 수다와 카페 앞 노인이 뿜어내는 물담배 연기가 서쪽하늘로 퍼져나가면 갈매기가 노을 속으로 날아올랐다. 선명했던 모스크가 둥글고 뾰족한 실루엣으로 변해가는 시간. 낮과 밤이 교차하며 보이는 것과 보이지 않는 것들이 역할을 바꾸는 시간. 함께 머물 수 없는 것들이 한 폭에 담긴 보스포러스 해협의 황혼은 이질적인 문명과 종교가 뒤섞인 이스탄불의 역사를 닮았다. 그리고 그 정점에 아야 소피아(Hagia Sophia) 박물관이 있다.

아야 소피아는 로마 황제 콘스탄티누스 1세 때 성당으로 만들어져 천년을 살았고, 오스만 투르크가 점령한 후에는 모스크로 6백년을 지냈으며, 1935년부터는 박물관으로 사용되고 있다. '성스러운 지혜'(Hagia Sophia)라는 더할 나위 없는 이름을 가졌으니, 괜한 분란을

---

* 아잔 : 이슬람교에서 신도들에게 예배시간을 알리는 소리. 하루 다섯 번의 예배에 맞춰 나오는 그 소리에는 특유의 리듬이 실려 있다.

일으킬 수 있는 뒤에 붙는 족보는 생략해도 좋겠다. 박물관으로 바꾸기 위해 대대적인 보수작업을 벌이던 중 깜짝 놀랄 것이 발견된다. 모스크의 벽면을 벗겨내자 모자이크와 프레스코화로 그려진 기독교 성화(聖畵)가 고스란히 모습을 드러냈던 것. 오스만 군대가 성당을 점령한 후 모스크로 바꾸는 과정에서 기독교 성화를 파괴하지 않고 회반죽으로 덧칠만 했기에 가능한 일이었다. 덕분에 성화는 6백년의 세월 동안 변질되지 않고 온전한 상태로 보존될 수 있었다.

아야 소피아 본당에는 그 유명한 '공존'이 있다. 돔 천장에는 성모 마리아가 아기 예수를 안고 있는 그림이 있고, 그 아래 양쪽으로 각각 알라와 선지자 마호메트를 의미하는 문양이 걸렸다. '대립하는 두 종교의 화해'라는 교훈적인 수식을 붙이지 않더라도 예술적으로 충분히 아름답고 매력적인 장면. 사실적인 묘사와 상징적인 기호가 어우러져 세상에 없는 새로운 아우라를 창조해내고 있다. 사람들은 공존의 비밀에 대한 여러 해석을 내놓았다. 성당을 파괴하지 않고 존중했던 이슬람의 관용을 치켜세우기도 하고, 승자의 아량을 보여줌으로써 피정복민에게 더 큰 두려움을 주려는 의도였다고 깎아내리기도 한다. 로마의 앞선 건축과 예술에 매료되어 그런 결정을 내렸다는 설도 있다. 하지만 술탄 메메드 2세가 왜 그러한 결정을 내렸는지 문헌으로 남긴 기록이 없으니, 의문은 끝내 풀리지 않을 비밀이요 해답은 상상의 몫일뿐.

나는 중앙의 예배공간을 보았다. 모든 모스크의 미흐랍**은 이슬람의 성지(聖地) 메카를 향하게 되어있다. 그런데 아야 소피아의 미흐랍은 건물의 중앙이 아니라 오른쪽으로 7도 기울어진 방향에 설치되어 있었다. 이 건물을 처음부터 모스크로 만들었다면 당연히 정중앙에 설치되었을 터. 만약 예배당의 방향이 메카 방향과 크게 틀어져있었더라면, 그래도 술탄은 성당을 파괴하지 않고 모스크로 사용했을까? 혹시 7도 정도의 차이라면, 아름다운 성전을 부수느니 조금 보수하여 모스크로 쓰는 게 좋겠다고 결정했던 건 아니었을까. 많이 다른 듯 보이나 크게 다르지 않은 세상에 살고 있는 나는, 성스러운 지혜의 공간을 나오며 다른 것을 수용할 수 있는 내 마음의 각도를 생각해보았다. 당신이라면 얼마만큼의 차이를 용인할 수 있는가.

** 미흐랍 : 모스크의 예배당에 설치된 벽면을 오목하게 파서 만든 문. 메카를 향해 있다. 2020년 7월 10일, 보수적인 이슬람주의 성향의 에르도안 정부가 장악한 터키 최고행정법원은 아야 소피아를 박물관으로 사용하도록 한 1934년 내각회의 결정을 취소하는 판결을 내렸다. 이로써 86년 만에 아야 소피아는 모스크로 되돌려졌다. 다행스럽게도 기독교 성화는 그대로 보존되고 있으며, 예배시간을 제외한 시간대에는 방문객 관람이 허용되고 있다.

LA 목욕탕에서 그들을 보았다

홀딱 벗은 알몸들을 보고 있자니 묘한 감정이 일었다. LA 한인타운에서 먼저 달려간 곳은 대중목욕탕. 한국을 떠난 지 100일이 지날 무렵이라 김치나 된장찌개 같은 음식이 그립기도 했지만, 무엇보다 간절했던 것은 뜨거운 탕 안에 몸을 푹 담그는 일이었다. 샤워로는 결코 해갈되지 않는, 목욕탕에서만 맛볼 수 있는 시원함이 그리웠다.

입구에서부터 탈의실을 거쳐 탕 안으로 들어가는 과정은 한국과 같았다. 간단히 몸을 씻고 열탕으로 풍덩, 모락모락 피어오르는 열기에 몸이 하늘하늘해지면 옆에 있는 냉탕으로 풍덩, 머리칼과 모공세포가 쭈뼛 서고 근육이 오그라들면 다시 열탕으로 풍덩. 그렇게 풍덩풍덩, 열탕과 냉탕을 수차례 오가니 쌓여 있던 피로가 흐물흐물해졌다.

적당히 따뜻한 온탕으로 옮겨 몸을 깊게 가라앉혔다. 목만 쭉 빼내어 희뿌연 목욕탕 내부를 천천히 둘러보았다. 그제야 한국과 다른 LA 목욕탕만의 낯선 광경이 눈에 들어왔다. LA라고는 하지만 한인타운이고, 그것도 대중목욕탕이니 당연히 한국인들만 있을 거라고 생각했는데, 아니었다. 흑인, 히스패닉, 백인, 아시안 등등 지구상에 존재하는 거의 모든 피부색의 사람들을 모아 놓은 것처럼 다채로웠다. 그것도 실오라기 하나 걸치지 않은 알몸으로.

냄비 속에 여럿이 숟가락을 넣어 국물을 떠먹는 것보다, 멀건 부유물이 떠 있는 탕 속에 함께 몸을 담그는 행위가 훨씬 인간적이라고 나는 생각했다. 신체를 가리는 것이 문명 진화의 방향이라면, 나체로 함께 어울리는 것은 원초적인 상태로 돌아가는 일이리라. 몸으로 사람의 모든 걸 알 수는 없겠지만, 몸으로 사람의 대강을 유추하는 것도 무리는 아니다. 체형, 피부, 상처, 문신…… 유전과 습관이 남긴 흔적들은 거짓말을 하지 않는다.

탕 속에서 5분, 10분, 시간이 흐를수록 정신이 몽롱해졌다. 땀으로 흥건해진 얼굴을 손바닥으로 닦아 내리며 탕 속에 있는 사람들을 슬쩍 훑었다. 나른해진 의식은 몸을 벗어나 탕을 벗어나 한없는 시공간으로 나래를 폈다.

상상 속의 나는 눈 덮인 시베리아를 달려 한민족의 시원이라는 바이칼 호수에 닿기도 하고, 최초의 인간이 발자국을 남겼다는 아프리카 어느 곳을 더듬기도 했다. 탕 안에 있는 이들의 아버지의 아버지의 아버지…… 어머니의 어머니의 어머니…… 족보를 따질 수 없는 아주 오래된 인간들이 아른거렸다. 작살을 쥐고 맹수 앞에선 누군가가, 먹을 것을 찾아 이주를 거듭한 누군가가, 노예로 끌려간 누군가가, 다른 종족과 피가 섞이고 섞인 누군가가, 멀고 먼 여정을 거듭하여 아메리카대륙의 어느 물웅덩이에 이렇게 앉아있는 것이었다.

홀러딩 벗은 몸뚱이들과 멋쩍게 눈길을 교환하고 있자니 괜스레 속이 더워졌다.

말은 저렇게 해야 하는데

로벤섬*에서 7년을 복역했다는 스팍스 씨는 만델라와 동시대에 활동했던 양심수였다. 이제 그는 수용소를 찾은 방문객들을 대상으로 가이드를 한다. 커다란 덩치만큼 진중하고 겸손했지만 남아프리카공화국의 민주화에 한몫했다는 자부심과, 만델라와 같은 곳에서 수감생활을 했다는 자랑을 숨기지 못했다.

그런데 설명을 듣고 있자니 뭔가 이상했다. 단 하나의 정보도 빠뜨리지 않고 전달해야한다는 강박 때문인지 그의 말은 거의 음절 수준으로 분절되었기 때문이다. "디스! 포이트! 이스!……" 짧은 문장도 뚝뚝 끊어지는데다가 액센트에 격정적인 감정까지 실리니 알아듣기가 어려웠다. 하지만 진지한 그의 얼굴과 손동작은 듣는 이들의 시선을 스펀지처럼 빨아 들였고, 전달하고 싶은 것과 강조하고 싶은 점을 충분히 이해시켰다. 사람의 마음을 괴롭게 만드는 방법에 무엇이 있을까? 그중 하나는 잡고 싶은 것을 결코 잡을 수 없는 자리에 놓아두고 계속 손을 뻗게 만드는 일이 아닐는지. 사방이 코발트블루 바다로 둘러싸인 로벤섬에서 육지를 바라보면 케이프타운의 수려한 해안선이 선명하게 들어온다. 파란 하늘을 배경으로 산정상이 평평

---

* 로벤섬(Robben Island) : 남아프리카공화국 케이프타운 근처에 있는 섬. 1960년대에는 감옥이 만들어져 인종차별정책에 반대했던 넬슨 만델라와 많은 흑인지도자들이 투옥되었다. 1994년에 남아프리카공화국 정부는 흑인해방운동의 상징으로 로벤섬을 역사 유적으로 지정했고 수용소는 '자유의 기념관'으로 바뀌었다.

한 테이블마운틴과 그 위로 떠있는 하얀 구름은 그대로 멋진 사진엽서가 된다. 이곳에 수감되었던 사람들은 매일 밤 그곳으로 달려갔을 것이다. 사랑하는 사람의 손을 잡고 뺨을 부비며 가슴이 벅차올랐을 것이다. 하지만 눈을 뜨면 간밤의 꿈은 파도처럼 하얀 포말이 되어 흩어져버렸을 테다.

아름답고도 참혹한 섬, 그곳에서 살아 버틴 사람들의 말(言)은 가슴 저미는 고통으로 다져진 것이리라.

육체에 가해지는 고문보다 양심을 흔드는 회유보다 더 무거운 형벌은 희망과의 싸움이었을 것이다. 신기루 같은 희망고문에 무너지지 않기 위해서는 화려하고 장황한 거품을 걷어내고 앙상한 진실만을 남겨두어야 했을 것이다. 쓰라린 햇살이 증발시키고 남긴 소금처럼 영혼의 언어는 정수(精髓)만을 품었을 테다. 살면서 내 입에서 튀어나와 아무렇게나 떠돌던 가벼운 말들은 어디로 갔을까. 구겨지고 휘어지고 미사여구가 붙어 느끼한 말들은 얼마였던가. 말은 저렇게 해야 하는데…… 스팍스 씨를 보며 나는 조용히 중얼거렸다.

꼬마 탁발승

거리에서 주황색 가사를 걸친 꼬마 탁발승이 기습을 받았다.

제 몸체만한 개가 사납게 짖으며 달려드는데,

근처에 있던 사람이 제지하지 않았으면 큰 사고 날 뻔했다.

멀리서 지켜보던 사람도 아찔한데 당사자는 얼마나 무서웠을까.

놀란 눈망울엔 그렁그렁 방울이 맺혔다.

그래도 불제자 품위를 어찌 잃을소냐.

쿵쾅거리는 떨림이 걸음을 앞서 가지 않도록 안간힘 쓰며 걷는다.

혹시 개가 쫓아오는지 힐끔,

가게로 들어가 시주를 받는다.

심장의 진동에 염불소리는 쫄깃하지만, 멈춤도 건너뜀도 없다.

축원의 합장을 마치고 나서야 총총걸음.

다시 개 짖는 소리에 부리나케 총총걸음.

그 모습 보고 누가 웃을 수 있을까.

제 할 일을 다 한다는 것,

그 마음가짐

중생들에게 몸소 보여주고 사라지는

꼬마 스님의 새까만 발바닥

소주 한 잔 생각나던 마추픽추

볼리비아 코파카바나에서 페루 쿠스코로 이동하는 야간버스에서는 밤새 복통에 시달려 한숨도 잘 수가 없었습니다. 쿠스코 터미널에 내릴 때에는 이미 지칠 대로 지친 상태여서 어딘가에 눕고 싶은 마음뿐이었습니다. 그러나 아직 새벽이라 체크인을 하려면 두어 시간을 기다려야했습니다. 하는 수 없이 숙소 근처에 있는 아르마스 광장의 벤치에 앉았습니다.

서서히 밝아오는 쿠스코의 아침, 그 신선한 공기를 들이마시니 신기하게도 통증이 서서히 사라졌습니다. 피폐했던 몸과 마음을 거짓말처럼 회복시켜준 쿠스코와의 첫 만남. 쿠스코(Cusco)는 잉카어로 '세계의 배꼽'이라는 뜻이라고 했습니다. 배탈 난 손자의 배꼽 주위를 쓸어주는 할머니의 손길이 떠올랐습니다. 그 따뜻한 온기 덕분일 거라고 생각했습니다.

언뜻 보면 우리와 비슷한 페루사람들의 미소 때문인지, 광장 앞 약장수의 입담 때문인지, 아니면 밤하늘을 주황빛으로 물들이는 별 같은 마을의 등불 때문인지. 명확한 이유를 댈 수는 없었지만 나는 적당히 활력 있고 평온한 쿠스코가 좋았습니다.

그러나 이런 포근함과 달리, 잠자리에서는 여러 번 악몽에 시달리곤
했습니다. 무언가에 쫓기고 죽음으로 연결되는 스산한 잔영이었습
니다. 사실 악몽의 이유를 짐작하는 것은 어렵지 않았습니다. 광장에
서 멀지 않은 곳에 있는 사크사이와만(Sacsayhuaman) 요새는 종이 한
장 들어갈 틈이 없는 견고한 석조건축으로 유명하지만, 또한 수많은
잉카인들이 스페인군에게 학살되었던 현장이기도 했습니다.

한때 세상의 중심을 자처했던 잉카제국. 그 최후의 땅, 마추픽추
(Machu Picchu)로 가는 길은 험난했습니다. 구불구불 산길을 달리는
차에서 밖을 내다보니 아찔했습니다. 사나운 협곡과 구름이 넘지 못
하는 안데스의 높은 산들은 마추픽추가 400년 넘게 세상으로부터
망각될 수 있었던 이유를 설명하는 듯했습니다.

침략군에 쫓긴 잉카인들은 백척간두 같은 마추픽추마저 버리고 흔
적도 없이 사라졌다고 합니다. 하늘로 솟았을까. 땅으로 꺼졌을까.

구름 사이로 보일 듯 말 듯 아득한 마추픽추의 정경은 그들의 애달픈 사연을 이야기했습니다. 나는 이어폰을 귀에 꽂고 〈엘 콘도르 파사〉*를 들었습니다.

스페인 통치하에서 잉카의 후예들은 노예처럼 살았습니다. 1780년, 쿠스코 출신의 호세 가브리엘 콘도르칸키가 주축이 되어 농민봉기가 일어납니다. 초반에는 총독을 사로잡는 등 위세를 떨쳤지만 이듬해 진압당하고 맙니다. 콘도르칸키는 사지가 찢기는 참형을 당하여 쿠스코 광장에 효수되었습니다.

오, 하늘의 주인이신 전능한 콘도르여,
우리를 안데스 산맥의 고향으로 데려가 주오.
잉카의 동포들과 함께 살던 곳으로 돌아가고 싶습니다.
우리가 마추픽추와 와이나픽추를 거닐 수 있게 해주오.

사람들은 콘도르칸키에 대한 애잔한 마음과 자신들의 서글픈 처지를 노래했습니다. 콘도르는 안데스 바위산에 둥지를 틀고 사는 맹금

---

* 〈엘 콘도르 파사〉는 우리나라에서는 사이먼&가펑클이 부른 노래 〈철새는 날아가고〉로 알려져 있다. 〈엘 콘도르 파사〉의 원곡은 페루의 클래식 작곡가 다니엘 알로미아스 로블레스가 잉카의 토속음악을 바탕으로 1913년에 작곡한 오페레타 '콘도르칸키'의 테마 음악이다.

류인데, 잉카에서는 영웅이 죽으면 콘도르로 부활한다는 전설이 있다고 했습니다. 또한 콘도르는 '무엇에도 얽매이지 않는 자유'라는 의미를 갖고 있는 말이기도 합니다.

먼 산을 보았습니다. 불현듯 콘도르는 전능한 구원자가 아니라, 깨어질 것을 뻔히 알면서도 기꺼이 계란이 되어 바위에 몸을 던지는 사람이라는 생각이 들었습니다. 현실에선 바보였으나 역사에선 영원히 살아 있는 사람. 사람 사는 세상을 위해 그렇게 살다간 이들이 떠올랐습니다. 소주가 한 병 있으면 좋았겠다 싶었습니다. 녹두꽃 향기 묻어나는 마추픽추에서 콘도르 날개를 펴는 그곳을 향해 술 한 잔 올리고 싶었습니다.

그리움의 시간, 말레꼰

해질녘 말레꼰*,

연인을 향한 달콤한 세레나데가 끝나고
찬바람 불어와 방파제 걸터앉은 이의 검은 실루엣
그리움이 익어가는 시간.

한낮의 햇살에 은갈치 비늘처럼 살랑이던 바다가
노을이 토해낸 검붉은 파도가 되어 사납게 방파제를 때리는 것은
뒤엉켜서다,
서러워서다,
참다 참다 참을 수 없어서다.

그리움의 잔뿌리들이 얽혀 있는 미궁(迷宮),
바라보는 곳 아득하여 끝을 알 수 없으니

뭐라도 실컷 두들겨야
짓누르는 것들로부터 숨을 쉴 수 있기 때문이다.

---

* 말레꼰(Malecon) : 스페인어로 방파제를 뜻한다. 바다가 있는 곳이라면 쿠바 어디에나 있
지만, 거센 파도가 방파제를 넘어 도로까지 덮치는 아바나의 말레꼰은 고유명사처럼 불리
는 명소이다.

쿠바의 밤하늘엔 유재하의 노래가 흐르고

가끔은 그런 생각이 들 때가 있다. 어디에서 무엇으로부터 받은 상처인지는 모르겠으나 내가 알아들을 수 있는 말(語)들로부터 도망치고 싶다는. 세상을 등지지는 않으나 사람들의 말을 그저 무의미한 배경음처럼 두고 지내고 싶다는.

쿠바의 작은 해변마을 뿔라야 히론(Playa Giron)은 그런 식으로 스스로를 유배시키기에 적당한 곳이었다. 이름난 관광지가 아니어서 사람들이 많지 않았고, 한국여행객들 사이에서 입소문도 덜 탄 곳. 번역을 하면 '전망 좋은 집'이라고 하는 까사*에 나는 짐을 풀었다. 중년 부부가 운영하는 까사에는 유럽에서 온 여행자들만 간간이 보일 뿐이었다. 그곳에서 주된 일정은 걸어서 10분 거리에 있는 바다를 오가는 것이었다. 아침, 낮, 저녁, 밤…… 햇볕의 양에 따라 달라지는 바다를 보고 또 보았다. 파도와 바람이 무심하게 가슴으로 밀려들어 왔다가, 앙금처럼 남아있는 부유물을 쓸고 갔다.

나와 의사소통이 어려웠던 부부는 늘 가만히 웃어 주었다. 그러던 차에 주인아주머니가 내게 부탁을 하는 일이 생겼다. 휴대폰을 바꿨

---

* 까사(casa) : 스페인어로 집을 뜻하는 말인데, 쿠바에서는 일반적으로 여행자들이 머무는 민박 개념의 숙박시설로도 통한다.

는데 예전에 쓰던 폰에 저장되어 있던 가족사진이며 음악파일을 새 폰으로 옮기고 싶었던 것. 2G폰이어서 조작이 어렵지 않았다. 파일을 옮기려는데 'coreano musica'라는 제목의 폴더가 보였다. 예전에 여기에 왔던 한국사람이 주고 갔다고, 그 노래들을 좋아한다고 아주머니는 손짓으로 이야기했다. 그래서 나는 이왕 하는 김에 내 휴대폰에 들어있는 〈유재하 1집〉도 함께 저장해드렸다.

그 후로 내가 까사에 들어와 머물면, 부부는 스피커로 연결해서 빵빵하게 틀던 쿠바풍의 댄스곡 대신 유재하의 노래를 틀어놓았다. 덕분에 '가리워진 길', '내 마음에 비친 내 모습', '사랑하기 때문에' 같은 곡들을 지겹도록 눈물 나게 듣게 되었다.

부부는 '헬로우' 정도의 영어만 가능했고, 나는 '그라시아스'(감사합니다) 정도의 스페인어만 알았기에 그들이 진짜 그 노래들을 좋아했는지는 알 수 없다. 다만 내 접시 위에 놓인 고기의 크기가 다른 여행자들 것보다 조금은 더 컸고, 다른 이들 몰래 커피를 공짜로 타주기도 했으니 내 작은 호의에 어떻게든 고마움을 표현하고 싶었던 건 분명했다.

한국에서도 이제는 드라마에서나 볼 수 있는 하숙집의 따뜻함이 있던 그곳. 대문 앞에서 부부를 차례로 포옹하고 돌아설 때, 가슴으로 묵직한 무언가가 출렁였다. 순간, 뒤를 돌아보아서는 안 될 것 같다는 생각이 들었다. 가방 어깨끈을 조여 매고 앞으로 뚜벅뚜벅 나아갔다. 모국어 속으로 기꺼이 섞여 들어갈 수 있을 것 같았다.

몽골의 밤, 어둠으로 새를 그리다

그곳으로 가는 길에 나는 세 가지를 보았을 뿐이다.

끝없이 펼쳐진 초평선(草平線)과 높은 하늘, 하얀 구름.

이런 원색을 배경으로 살아가는 사람들의 시력이 어떻게 나빠질 수 있겠는가.

보이는 것 너머까지 볼 수 있는 눈을 가진다고 하여도 조금도 이상하지 않으리라.

기암괴석이 병풍처럼 둘러싼 테를지*에 흰 달이 떠오르고 새가 날자 어둠이 밀려왔다.

인공의 불빛을 절제한 초원의 밤하늘로

싸리 눈이 흩날리듯 별이 뿌려졌다.

옛날 호주의 원주민들은 별과 별 사이의 '어둠'을 연결하여 새를 그렸다고 한다.

예전에 그 이야기를 들었을 땐 무슨 소리인가 싶었는데,

별보다 어두운 틈새 찾기가 어려운 밤하늘을 보고 있자니, 비로소 알 것도 같다.

---

* 테를지 국립공원(Gorkhi-Terelj National Park) : 산으로 둘러싸인 계곡과 기암괴석, 숲, 초원이 조화롭게 어우러진 몽골의 국립공원으로 세계 3대 별 관측지로 꼽힌다.

그런데 별을 본다는 게 무슨 의미가 있을까?

시간 대비 효용을 따지고, 가격 대비 만족을 따지는 시대에

별과 신화(神話)와 은유(隱喩) 따위가 무슨 쓸모가 있냐는 말이다.

하물며 빛나는 별도 아니고 어둠을 본다는 건……

나는 그렇고 그런 이야기로 술판이 벌어진 자리를 벗어나

한걸음 떼기도 힘든 어둠 사이를 걸어 들어가,

무거운 침묵이 고인 바위에 앉았다.

휴대폰도 손전등도 주머니에 없다는 사실에 잠시 두려웠지만

이내 고요한 정적 속으로 안온한 바람이 불었다.

우주 밖의 우주, 끝 뒤의 끝이라는

모순을 비행하는 새가 된 것 같았다.

갈색 마리아를 믿습니다

멕시코시티에 있는 과달루페 대성당(Basilica of Our Lady of Guadalupe)은 바티칸 다음으로 순례자들이 많이 찾는 가톨릭의 성지(聖地)라고 합니다.

후안 디에고 콰우틀라토아친. 그는 가톨릭으로 개종한지 얼마 안 된 원주민이었습니다. 1531년 겨울, 미사에 참석하기 위해 테페야크 산을 넘어가던 디에고 앞에 성모 마리아가 나타났다고 합니다. 성모 마리아는 원주민의 언어로 '내가 비탄에 빠진 자들을 위로하고 있다'고 말씀하시며 이곳에 교회를 세우라고 했다지요. 디에고는 그 체험을 지역의 주교에게 전했지만 주교는 믿지 않았습니다. 이후 다시 디에고 앞에 나타난 성모 마리아는 겨울에는 피지 않는 장미를 증표로 주었고, 디에고는 그것을 망토에 감싸고 가서 주교 앞에 펼쳤습니다. 순간 망토에서는 장미와 함께 성모 마리아가 그림으로 나타났는데, 금발에 흰 피부가 아니라 원주민 모습의 여인이었다고 합니다.

그 사건을 계기로 멕시코 원주민들 사이에서 가톨릭 개종의 바람이 불었다지요. '갈색 마리아'의 출현을 단순히 종교적 이적(異蹟)으로 읽지 말고, 가톨릭이 라틴아메리카에서 토착화 현지화 되어간 상징으로 읽어야한다는 당신의 이야기를 나는 수긍했습니다.

대성당에 전시된 과달루페 성모 그림을 보기 위해서는 긴 줄을 서야했습니다. 30분을 기다렸지만 정작 그림을 볼 수 있는 시간은 고작 30초. 무엇이 사람들로 하여금 그토록 애타게 그림을 기다리게 만드는 것이었을까요. 성화를 보고 나오며 여전히 길게 늘어선 사람들을 보면서 나는 갈색 마리아의 이적을, 그냥 믿자고 마음먹었습니다.

금싸라기 땅에 세워 올린 거대한 성전과 그 성전을 세습하는 목자들과 십자가 깃발 휘날리며 아스팔트 위에 쏟아내는 증오의 언어들. '상자 속으로 던져 넣은 돈이 짤랑하고 소리 내는 순간 구원을 받는다'는 오래된 면죄부의 신화가 여전히 힘을 발휘하는 세상에서 갈색 마리아의 이적을 믿지 않는다면 우리가 무엇을 믿을 수 있겠습니까. 종교가 세상을 걱정하는 일보다, 세상이 종교를 걱정하는 일이 많아진 시대에 나는 갈색 마리아의 이적이 믿고 싶어졌습니다.

"나를 사랑하는 자들이 내 사랑을 입으며

나를 간절히 찾는 자가 나를 만나리라."

_ 잠언 8장 17절

역방향 기차에 앉아

기차를 타면 역방향 좌석에 앉는 걸 좋아한다.

달리는 방향과 반대를 향한 시선에 익숙함을 느끼는 건

다가오는 것을 미처 알아차리지 못하고

떠나가는 것을 지켜봐야만 하는 삶의 방향과 닮아있기 때문이리라.

기차의 출발은 누군가 뒤에서 몸을 확 잡아채는 느낌을 준다.

어느 순간 세상에 뚝 떨어진, 아주 오랜 전의 그 기억처럼.

스윽, 하고 창밖으로 스쳐가는 사물들은 한참이 지나고 나서야

그것이 무엇이었는지 깨닫게 된다.

빠르게 뭉개어 늘어지는 풍경 속에서 나는 고작 몇 개의 대상만을

포착할 뿐이다.

눈으로 잡아둔 것을 이해할 수 있다고 생각될 즈음이면

어김없이 그것은 저 멀리 달아나고 없다.

부지불식간에 찾아온 청춘도 사랑도 모두 그렇게 떠나갔다.

언제쯤이면 종착역에 닿을까?

앞을 볼 수 없는 나는 여전히 다가올 인연과 남은 시간을 헤아리지

못한다. 그래도 언젠가는, 결국에는, 도착하겠지.

창밖을 보는 일이 지치고 지겨워진다면, 잠시 눈을 감아도 좋겠다.

덜컹이는 흔들림에 그냥 맡기면 편안해질 거다. 괜찮을 거다.

보이는 것 너머까지 볼 수 있는 눈을 가진다고 하여도

135

3 장.

네가 있어야

할 곳은 어디에

애욕으로 쩍쩍 갈라진 마음을 딛고 일어선

혼자가 아니야

박하향 아이스캔디를 입에 넣은 것처럼 가슴까지 서늘해지던 스톡홀름. 한국의 5월과 달리 발트해에서 불어오는 바람은 쌀쌀했다. 한기(寒氣)에 들린 나는 며칠을 앓았다. 몸이 아프니 마음까지 약해지는 것 같았다. 불친절하다고 할 수는 없으나 북유럽사람들 특유의 투박한 어투는 나를 더욱 위축시켰다.

그렇다고 해도 하늘과 바다가 새파란 '물의 도시'에 와서 계속 숙소에만 머물 수 없는 노릇. 주섬주섬 옷을 챙겨 입고 거리로 나섰다. 하지만 한번 가라앉은 몸과 마음은 좀처럼 의욕을 내지 못했다. 어디를 가고 싶지도 않고 어디로 가야할지도 모르는 무기력. 어느 공원 벤치에 앉아 멍하니 주변을 둘러보는데 동상 하나가 눈에 들어왔다.

바위를 딛고 선 허벅지는 단단하고 커다란 활대를 움켜 쥔 왼팔은 쭉 뻗어있다. 오른손으로는 투명한 활시위를 낚아채고 눈은 허공을 매섭게 노려본다. 팽팽한 긴장이 공간을 채우고도 남았다. 금방이라도 폭발할 것 같은 힘. 순간 화살이 날아와 내 가슴에 박혔다. 희미했던 눈이 밝아지고 웅크렸던 세포들이 깨어났다.

얼른 동상으로 다가갔다. '활을 쏘는 헤라클레스', 에밀 앙투안 부르델의 1909년도 작품. 도대체 이 사내는 언제부터 여기에 버티고 서서 나를 기다렸단 말인가. 그는 이렇게 말하고 있는 듯했다. "기운을 내라고. 너는 혼자가 아니야."

여행을 하면서 이런 비슷한 착각, 아니 행운을 경험했던 적이 있다. 예약한 게스트하우스를 찾지 못하던 모스크바의 어두운 밤, 기꺼이 골목길을 함께 헤매며 숙소를 찾아주었던 상냥한 사람이 있었다. 시드니의 항구에서 들려오던 기타연주 소리는 사무치는 고독을 견디게 해주었고, 아바나의 하늘로 흩날리던 꽃잎들은 성난 마음을 달래주었다. 낯선 사람을 경계하지 않고 먼저 손을 흔들어주던 포카라의 아이들로 인해 히말라야는 따뜻했다.

예고되지 않았던, 기대하지 않았던, 그런 우연의 연속으로 말미암아 여행에서도 인생에서도 주저앉지 않고 앞으로 나아갈 수 있었을 테다.

나는 활 쏘는 동작을 따라하며

자리를 털고 일어섰다.

나미브 사막의 사리(舍利)

좋아하는 것도 한이 없고

싫어하는 것도 한이 없고

미워하는 것도 한이 없고

사랑하는 것도 한이 없다

그 한없는 것들이

나를 파괴하지 않기를 바란다면

그건 실로 도둑놈의 심보가 아니랴

_ 정현종 〈좋아하는 것도 한이 없고〉

나미브 사막은 고승(高僧)이렷다.

좋아하고 싫어하는 일로,

사랑하고 미워하는 일로 가슴을 쥐어뜯는 중생은 아니렷다.

8천만년 작열하는 태양으로 다비식(茶毘式)을 거행하고 남은

저 사리(舍利)를 보라.

애욕으로 쩍쩍 갈라진 마음을 딛고 일어선,

고고(高古)한 나목(裸木)을 보라.

* 나미브 사막(Namib Desert) : 아프리카 남서부에 위치한 지구에서 가장 오래된 사막. 오래 전 호수였으나 지금은 하얀 모래바닥에 고사목(枯死木)이 남아 있는 데드블레이(Deadvlei)가 유명한 포인트 중 하나다.

한 편의 무성영화, 에토샤 사파리

아마도 이집트를 떠나기 전에 먹었던 음식이 잘못되었던 모양이다. 카이로 공항을 출발해 두 차례 경유하여 나미비아까지 가는 한나절 내내 배를 움켜쥐고 버텼다. 장 트러블로 화장실을 계속 왔다갔다…… 아무리 기억을 짜내어도 나미비아에 도착했던 순간과 숙소까지 찾아갔던 장면이 떠오르지 않는다.

미리 예약했던 에토샤(Etosha) 사파리는 2박 3일의 여정. 무사한 사파리투어를 위해 나는 지사제와 몇 모금의 물을 제외한 모든 음식을 끊었다. 다행히 효력을 발휘하여 틀어막는 것까지는 성공. 그러나 수분이란 수분은 다 빠져나가고 영양분이 공급되지 않은 몸은 축 늘어져서, 무엇을 들어도 들리지 않는 상태에 이르고 말았다.

지프나 미니트럭을 타고 평원을 누비는 사파리 게임드라이브에는 명확한 룰이 있다. 차에서 함부로 내릴 수 없고, 동물에게 접근할 때에도 다가갈 수 있는 거리가 한정되어 있다. 동물에 근접할 때 큰 소리를 내어서도 안 되는데, 그런 규정을 지키는 건 내게 전혀 어려운 일이 아니었다. 나는 이미 입 밖으로 어떤 소리도 송출해낼 기력이 없었으니까.

평원에 들어서자 작은 물웅덩이를 사이에 두고 얼룩말 무리와 사자 몇 마리가 모여 있는 모습이 포착되었다. 서로의 존재를 아는지 모르는지 그들은 각각 나른한 오후를 즐기고 있었다. 〈동물의 왕국〉에서 나올 법한 쫓고 쫓기는 추격전이 연상되는 상황. 얼룩말을 향해 '어서 빨리 뛰어!'라고 외치고 싶었으나 소리가 목구멍을 넘지 못했다. 그러나 아무 문제가 없었다. 어떤 일도 일어나지 않았다. 배가 부르면 불필요한 사냥을 하지 않는 맹수의 무서운 절제와, 포식자를 앞에 두고도 생존을 위해 물을 찾는 초식동물의 철없는 본능. 그 싸늘한 기운이 내 속을 쓸고 내려갔다.

에토샤 사파리의 백미는 해지는 광경이었다. 서쪽 하늘로 해가 기울기 시작하면 커다란 물웅덩이로 코끼리와 기린, 코뿔소와 새…… 초원의 식구들이 모여 들었다. 물웅덩이에서 멀찍이 설치된 펜스 뒤로는 사람들이 모여 들었다. 행여나 동물들이 놀랄까봐 사람들은 침을 꼴깍꼴깍 삼키며 사진기 셔터도 아주 천천히 눌렀다.

몽롱한 나의 의식 때문인지, 아프리카의 평온 때문인지, 소리 없는

침묵으로 완성되었던 한 편의 무성영화. 노을빛 에토샤.

파괴될지언정 패배할 수는 없다

탁 트인 풍광에 넋을 놓고 있다가 물벼락을 맞았다. 멀리 멕시코 만에서 파란 바람을 타고 몰아치는 파도는 방파제를 때리며 하얗게 부서졌다. 창공을 맴돌던 부리 긴 새는 바다 속 먹이를 향해 수직으로 내리꽂혔다. 짠내음 묻어나는 노란 햇살이 한적한 어촌마을 꼬히마르에 쏟아져 내리고 있었다.

마을 입구에 들어서니 헤밍웨이가 호탕한 미소로 반긴다. 그가 세상을 등진 후 마을의 어부들이 폐선박을 녹여 만들었다는 헤밍웨이의 흉상. 바람에 그을린 얼굴에는 그의 마초적인 기질이 잘 드러난다. 헤밍웨이가 하늘에서 내려다본다면 이 동상을 아주 좋아할 것 같다. 그가 사랑했던 쿠바의 바다와 벗들의 마음이 고스란히 담겨 있으니.

헤밍웨이가 즐겨 찾았다던 선술집에 앉았다. 다이끼리* 한 잔을 시켜놓고 〈노인과 바다〉를 펴들었다. 아주 오래전에 읽었던 소설은 실제 배경이었던 포구에서 새롭게 깨어났다. 책 안에 누워있던 활자들이 일어나 노인과 함께 바다로 나아갔다.

---

* 다이끼리(Daiquiri) : 레몬즙, 럼주 및 사탕수수를 넣어 만든 쿠바의 칵테일. 헤밍웨이가 즐겨 마셨던 술로 유명하다.

늙은 어부 산티아고는 84일 동안 한 마리의 고기도 잡지 못했다. 85일째 되던 날, 바다에 나간 노인은 드디어 엄청난 크기의 청새치를 만난다. 사투 끝에 청새치를 잡는데 성공하지만, 다시 맞닥뜨린 상황은 상어 떼의 습격. 드넓은 바다 한가운데에서 노인이 가진 것이라고는 작살과 노가 전부였다. 상어 떼에 맞서 고독한 싸움을 벌이며 닷새 만에 포구로 돌아오지만, 남은 것은 살점이 다 떨어져 나간 청새치의 앙상한 흔적뿐. 녹초가 되어 집으로 간 노인은 잠이 들어 사자 꿈을 꾸었다.

"인간은 파괴될 수는 있어도 패배할 수는 없다."

온갖 역경에도 굴하지 않는 인간의 의지를 함축한 한 문장. 나는 그 문장과 헤밍웨이의 자살 사이에서 생각이 정리되지 않아 한동안 바다를 바라보았다. 평생 죽음의 경계 넘나들기를 주저하지 않았던 그는 말년에 극심한 우울증과 알콜중독으로 괴로웠고, 글을 쓸 수 없을 정도로 힘겨웠다고. 운명의 바다 한가운데에서 스스로 생을 마감한 그의 행위는 파괴였을까, 아니면 패배였을까.

살라오(Salao). '운이 다한 사람'. 헤밍웨이는 노인을 그렇게 묘사했다. 바다에서 벌인 노인의 사투는 운이 다한 사람이 할 수 있는 최선 같기도 하고, 운이 '있다'와 '없다' 자체를 초월한 모습 같기도 하다. 죽은 작가는 말이 없으니, 나는 노인의 고독한 모습만 가슴에 남겨 가기로 했다.

포구에는 멀리 멕시코 만에서 거센 바람이 불어왔다.

야스쿠니의 가을풍경

청명(淸明). 입 안에 넣고 굴리면 머리로는 맑은 소리가 울리고 가슴으로는 깨끗한 바람이 불어올 것 같은 말. 그것에 어울리는 하늘은 가을의 몫이리라.

가로수에 단풍이 조금 남아 있는 도쿄의 하늘이 그랬다. 먼지 하나 보이지 않는 거리를 지나, '靖國神社*'라고 적힌 입구로 쏟아져 내리는 햇살은 정갈했다. 신사를 향해 자전거를 끌고 언덕길을 오르는 노부부의 뒷모습이 어찌나 평온하던지, 하마터면 야스쿠니에 취할 뻔 했다.

첫 번째 도리이**를 지나니 칼 찬 사무라이 동상 하나 보이고, 두 번째 도리이를 지나니 사람들이 많아졌다. 정장을 차려입은 노신사와 캐주얼 차림의 젊은 여성, 선생님 뒤를 따라가는 유치원생들과 스포츠머리 남학생들. 절제되고 조용한 발걸음은 어느 정도 예상했던 모습이라 놀랍지 않았다.

본당 앞에 젊은 백인 여행객들이 모여 있었다. 무엇을 어떻게 해야

---

* 야스쿠니신사(靖國神社) : 야스쿠니는 나라를 평안하게 한다는 의미이다.
** 도리이(鳥居) : 신사의 입구에서 있는 문. 기본적인 구조는 두 개의 기둥이 서있고 기둥 꼭대기를 서로 연결하는 가로대가 놓여있는 형태이다.

하는지 몰라 난감한 표정이었다. 한참 두리번거리던 그들은 기모노를 입은 여성의 참배를 곁눈질로 따라했다. 어색한지 웃으며 장난을 쳤고, 마치고 나서는 중요한 미션을 해냈다는 듯 사진 찍기에 여념이 없었다. 파란 눈의 젊은이들은 야스쿠니의 의미를 어떻게 알고 있을까. 그들은 훗날 이곳을 어떻게 기억할까.

이제 갓 소년티를 벗은 병사를 만난 건 유슈칸(游就館)*** 앞이었다. 特功勇士像(특공용사상). 동상 앞에 적힌 한자를 읽으며 나는 그가 가미카제라는 사실을 알았다. 그런데 왠지 혐오의 감정 보다는 서글픈 마음이 일었다. 병사의 어색한 미소는 명백한 공포를 가릴 수 없었다. 그의 얼굴에서는 징집으로 끌려간 조선청년의 그림자가 보이기도 했고, 야스쿠니의 신이 되기보다는 어떻게든 인간으로 살아남고 싶은 본능이 느껴졌다. 미사일에 벚꽃 문양이 새겨져 있다 한들, 그것이 떨어질 곳은 꽃의 자리도 신의 자리도 아니라는 걸 그는 직감으로 알았을 것이다.

커피며 생수며 쥬스 같은 음료수가 가미카제 동상 앞에 놓여 있었

*** 유슈칸(游就館) : 야스쿠니 신사 안에 있는 전쟁기념관. 일본의 침략전쟁과 군국주의를 미화하는 홍보관이다.

다. 한참을 바라보았다. 유슈칸의 전시물을 둘러보고 나온 평범한 일본인들은 어떤 마음으로 그것들을 놓고 갔을까. 아마도 나의 감회와 그들의 감회에는 적지 않은 간격이 있을 거라는 생각이 들었다. 가을이 갑자기 다 가버린 것처럼 싸늘한 바람이 스쳐갔다.

영웅의 자리

하얼빈을 방문했던 그해 여름, 하얼빈역은 증개축 공사가 한창이었다. 인터넷 검색을 통해 역에 있던 '안중근 의사 기념관'이 잠정 폐쇄되었다는 소식은 알았지만 그건 문제될 일이 아니었다. 내가 하얼빈역에 가는 이유는 안중근 의사가 이토 히로부미를 저격했던 1번 플랫폼, 바로 그 자리에 서보는 것이었기 때문이다.

매표소로 가서 1번 플랫폼에서 출발하는 기차표를 달라고 했다. 굳이 1번 플랫폼을 특정 하는 외국인이 의심스러웠던지 매표소 직원은 표를 내어주지 않았다. 영어를 못하는 역무원과 중국어를 못하는 나 사이에 상냥한 대화가 끼어들 틈은 없었다. 말이 통하지 않으니 나는 '안중근! 이토! 빵!' 이런 파열음을 내뱉었고, 그는 양손을 들어올려 단호하게 엑스(X)자를 그릴 뿐. 소란이 길어지자 영어를 할 줄 아는 다른 직원이 나왔고, 비로소 1번 플랫폼에서 출발하는 기차표를 살 수 있었다.

설레는 마음으로 개찰구를 지나 1번 플랫폼으로 내려갔다. 그런데, 없었다! 플랫폼 끝에서 끝까지를 왔다 갔다 아무리 찾아보아도 저격

---

* 2017년 6월 방문 당시 진행 중이던 하얼빈역 증개축 공사는 완료되어 2019년 3월 20일에 안중근 의사 기념관은 다시 문을 열었다. 이토를 저격했던 의거지점 역시 그 자리에 다시 복원되었다.

지점 표식이 보이지 않았다. 기차는 타지 않고 역 안을 배회하는 모습이 위험해 보였는지 역무원이 다가왔다. 나는 휴대폰에 저장해둔 의거지점 사진을 보여주며 그 자리를 찾고 있다고 말했다. "빠~러~" 무미건조한 한마디. 계속 휴대폰을 들이밀자 역무원은 귀찮다는 듯 나를 플랫폼 끝으로 끌고 갔다. 공사장 펜스 틈을 가리키며 다시 한 번 짜증 섞인 목소리로 "빠~러~".

그때서야 나는 그 말의 의미를, 그리고 매표소 직원이 양손으로 엑스를 그렸던 이유를 이해할 수 있었다. 공사는 철로와 플랫폼까지 포함하는 것이었고 의거지점은 이미 철거되었던 것. 꼭 한번 서보고 싶던 그 자리는 이제 없었다. 허탈한 마음으로 발길을 돌려야했다.

역 근처에는 제홍교(霽虹橋)라는 다리가 있다. 그곳에 서면 하얼빈역의 모든 철길이 내려다보인다. 나는 다리 위에서 철로의 개수를 세어보며 의거가 있던 그날을 다시 구성해보았다.

이토는 만주 침략이라는 야심을 품고 하얼빈을 향해 오고 있었다.

안중근은 이토의 실물을 본 적이 없었다. 당시 발간된 흑백신문의 흐릿한 사진을 보았다고 한들 도움이 되었을 리 없다. 삼엄한 경계를 뚫고 일면식도 없는 적의 우두머리를 쓰러뜨리는 일은 오직 감(感)에 의지해야하는 도박이었다.

오전 7시, 역에 도착한 안중근은 이토의 열차가 오기까지 2시간을 구내 다방에서 기다렸다. 앉아서 차를 마시는 동안 그의 머릿속에서 얼마나 많은 생각이 철길로 달려갔을까. 고향에 두고 온 처자식과 어머니도 떠올랐을 것이고, 이토 저격에 실패하거나 아예 그의 면상도 보지 못한 채 붙잡히는 일도 상상했을 것이다. 열차가 도착해 다방을 나가면, 성공하든 실패하든 그것으로 서른하나 짧은 생이 끝나는 사실만이 분명했다.

그가 여러 유혹을 뿌리치고, 가슴을 짓누르는 육중한 무게를 떨치고, 1번 플랫폼으로 저벅저벅 걸어갈 수 있었던 이유는 무엇이었을까? 아무리 생각해도 나는 그의 고뇌를 '감히' 넘겨짚을 수 없었다. 땅을 딛는 발걸음과 권총을 쥔 손아귀의 떨림은 고사하고, 입술에 닿았을

찻잔의 감촉조차 짐작할 수 없었다.

다시 고개를 들어 하얼빈역의 철길을 바라보았다. 그때나 지금이나 수많은 철로가 교차하고, 어떤 철길은 대륙을 가로질러 유럽까지 이어진다. 청년 안중근에게는 기차를 타고 이탈리아와 파리를 여행하는 꿈이 있었다고 한다. 원한다면 갈 수도 있는 길이었지만 그는 하얼빈을 종착역으로 삼았다.

하얼빈역 1번 플랫폼, 그곳에 나는 설 수 없었다. 하지만 진정으로 내가 서야할 자리가 어디인지를 찾은 것 같았다. 영원히 잊지 말아야 할 '빚진 사람의 자리'를. 서른한 살 안중근이 기꺼이 단념했던 그 길 위에서, 나는 다음 여정을 이어갔다.

뒤집어야 할 타이밍

중국 시안의 회족거리 야시장,

꼬치구이 노점 앞에 사람들이 모여 자리를 뜰 생각을 하지 않는다.

꼬치를 한 다발 들고 불길에 넣었다 허공으로 흔들었다 하는

장사꾼의 퍼포먼스에 모두 넋을 잃은 것.

재미있다 못해 애절하기까지 한 그의 표정과 손놀림,

옆에서 같이 일하던 사람까지 물을 마시다 뿜었다.

눈요기로 값은 이미 치렀다고 기대없이 한 입 물었는데,

꼬치 맛이 예술이다.

호객용으로 대충대충 쇼를 하는 것 같지만,

가만히 지켜보자니 간단한 일이 아니다.

꼬치를 불길에 넣었다 뺐다 하는 동작에는 일정한 리듬이 있었고,

뒤집는 타이밍에는 시간으로 계량할 수 없는 감각이 녹아 있었다.

깊은 맛 우러나는 인생은

너무 자주 뒤집어 설익히는 것도 아니고

정신 줄 놓고 있다가 태워먹는 일도 아닐 테니,

꼬치구이 사내의 내공을 기억해야겠다 싶어

얼른 카메라를 들었다.

설산기행 1 – 입산(入山)

여명이 시작되는 새벽의 히말라야는 탁본(拓本)을 뜨는 것 같았다. 어둡거나 혹은 더 어두운 검은 배경을 뒤로 하고 설산의 하얀 윤곽이 드문드문 드러나기 시작했다.

내가 아는 산은 사람을 품어주는 곳이었다. 부처 먹을 땅 한 뙈기 갖지 못한 이들이 밀리고 밀리어 들어가는 마지막 터전. 세상을 평평하게 만들겠다며 일어섰던 자들이 훗날을 도모하며 숨어드는 은신처. 최고의 경지에 오르고자 하는 예인(藝人)과 신선이 되고자 하는 도인(道人)들의 수행처. 산은 어떤 사연을 가졌든 제 발로 찾아온 사람을 내치지 않았기에 세상 밖에 있으면서도 속세와 연결된 공간이었다.

그런데 어둠을 걷어내고 자태를 드러내는 히말라야의 설산은 느낌이 완전히 달랐다. 푸른빛이 나는 험준한 산들을 어린 아이마냥 앞에 거느리고, 격이 다른 덩치로 솟아오른 설봉들. 그것은 전혀 다른 세계였다. 사람이 결코 닿을 수 없는 신들의 세상, 우주로 연결된 미지의 세상처럼 보였다.

'풍요의 여신'을 뜻하는 안나푸르나(Annapurna). 이 산의 최고봉은 8,091m로 히말라야 14좌 중 하나다. 물론 그곳은 전문 산악인들의 영역. 대부분의 사람들은 일정한 코스를 돌거나 중간 지점을 다녀오는 트레킹을 한다. 나는 안나푸르나 남봉의 베이스캠프(4,130m)를 갔다가 돌아오는 일명 ABC트레킹(안나푸르나 베이스캠프 트레킹)을 선택했다. 일행은 나와 동행자 K형, 그리고 길을 안내하며 짐의 일부를 들어줄 네팔 현지인 '빠상'까지 모두 세 명. 여정은 올라가는데 4박, 내려오는데 1박하여 총 5박6일.

포카라에서 차로 이동하여 사울리바자르(1,220m)부터 본격적인 트레킹을 시작했다. 입구에는 오색 깃발이 나부끼고 있었다. '등산(登山)'의 오만함 대신 '입산(入山)'의 겸손함을 담아 두 손을 모으고 먼 곳을 향해 나마스테*.

트레킹 용품이며 먹거리를 파는 상점들을 지나니 산촌마을이 펼쳐졌다. 산비탈 구석구석까지 한 치도 남김없이 일구어 놓은 밭. 어떻게 저런 곳까지 개간을 했을까, 하는 탄성이 절로 터져 나왔다. 밭을

---

* 나마스테(Namaste) : '내 안의 신이 당신 안의 신에게 경배합니다'는 뜻의 네팔과 인도의 인사말.

일구는 사람들, 바람 빠진 공을 차며 뛰노는 아이들, 이방인을 무심히 바라보는 노파로 시선이 옮겨가다가 코끝을 강하게 찌르는 냄새에 발아래를 쳐다보았다. 큼지막한 소똥을 얼른 피했다.

어느덧 몸에는 땀이 줄줄 흐르고 있었다. 가만 보니 우리 복장이 가관이다. 긴팔 옷에 점퍼까지, 눈 쌓인 히말라야의 이미지만 생각하고 겨울복장으로 무장했던 것. 그런데 사방에는 노란 꽃이 지천으로 피어있다. 그랬다. 우리는 트레킹을 하는 거였다. 산정(山頂) 높이 올라가 굶어서 얼어 죽는 표범을 생각하면 안 되는 거였다. 악착같이 땀을 흘려 산을 밭으로 바꾸어 놓은 사람들의 터전을 가로질러 히말라야의 품으로 천천히 걸어들어 가는 행로였던 것이다.

점퍼를 벗고 옷차림을 가볍게, 발걸음을 가볍게, 마음은 더 가볍게. 바람에 실려 오는 꽃내음이 향긋했다.

등산의 오만함 대신, 입산의 겸손함을 담아

설산기행 2 - 그냥 걸어라

"일단 걸어라. 일단 도전해봐라.

지금 이유를 찾으려 하지 말고,

아무것도 아닌 것에서 의미를 찾으려 애쓰지 말고.

그건 목적지에 도착한 다음에 생각해도 늦지 않는다."

_ 故 박영석 대장 어록 중에서

산중에서 자고 일어나 바라보는 히말라야의 설봉은 눈이 부셨다. 문
득 포카라의 어느 한식당 벽에 붙어 있던 박영석* 대장의 어록이 떠
올랐다. 좌고우면하지 않는 산사람다운 일갈. 아무렴 그래야지. 그동
안 살아오며 얼마나 많은 시간을 고민하고 걱정하느라 진을 뺐던가.
여기 히말라야에서만큼은 마음속 시끄러운 소리들을 만년설의 무게
로 덮어버리고 단순하게 걸어가리라. 그렇게 다짐했다.

아침식사를 마치고 출발. 계단을 따라 끝도 없이 이어지는 오르막.
숨이 조금씩 차오르고 허벅지에 뻐근함이 쌓여갔지만 괜찮았다. 한
걸음 한 걸음 집중하자고 마음먹으니 자연스레 생각도 끊어지고 좋
았다. 고갯마루에 올라 내려다 본 내리막은 끝이 보이지 않았다. 그

---

* 박영석(1963~2011) : 세계 최초로 탐험가 그랜드슬램, 산악 그랜드슬램의 위업을 달성
했다. 2011년 10월 18일, 박영석 원정대는 히말라야 안나푸르나산(8,091m) 남벽에 새로운
루트를 개척하기 위해 도전하던 중 6,500m 지점에서 통신이 두절되며 실종되었다.

래도 저기에 도착해서 점심을 먹을 거라는 빠상의 얘기를 들으니 다시 힘이 솟았다. 탄력으로 가벼웠던 다리가 흐물흐물 풀릴 즈음, 시원한 계곡이 흐르는 롯지**에 도착했다.

사람들이 많이 찾지 않는 곳인지 주문을 받고는 소식이 없었다. 그래도 계곡물에 세수를 하고 바람으로 얼굴을 말리며 휴식을 취하는 게 나쁘지 않았다. 1시간 만에 나온 볶음밥을 냉큼 해치우고 일어서려는데 몸이 으스스 떨렸다. 후끈 달아올랐던 엔진이 식어버린 것. 문제는 엔진만 식은 게 아니라 멘탈 밧데리까지 같이 나갔다는 것.

산은 오후가 되면 비가 내리고 기온이 금방 떨어지기 때문에 지체할 틈이 없다고 빠상은 고삐를 단단히 쥐었다. 목표지점을 향해 오전에 걸었던 아리랑 고개를 몇 번이나 넘었을까. 길을 오르며 나는 물었다. "빠상, 얼마나 더 올라가야 돼?" "5분만 걸으면 돼요." 5분이 아니라 50분은 족히 되었던 것 같다. 잠시 쉬었다가 다시 출발할 때 또 물었다. "빠상, 앞으로 얼마나 더 가면 돼?" "금방이요." 한국 트레커들을 많이 상대했던 노련한 빠상은 또렷한 한국어 발음으로 얼굴빛

* 롯지 : 히말라야 트레킹 중 식사와 숙박을 위해 머무는 우리의 산장과 비슷한 숙소.

하나 바꾸지 않고 거짓말을 하고 있었다.

몸이 먼저 무너진 것인지, 마음이 먼저 무너진 것인지. 불평과 불만의 소리가 입으로 빠져 나가지 못하니 머리로 올라가 맴맴 돌았다. 아침에 보았던 찬란한 설봉은 그 후 한 번도 보이지 않았다. 마소가 수북하게 쏟아 놓고 간 똥 덩어리를 피하려 좁은 비탈에서 몸을 납작하게 만들어야했다. 흙먼지와 함께 풀풀 풍겨오는 똥냄새는 들이쉬는 숨을 조였다. 고개를 들어 사방을 둘러보면 초록의 산비탈만이 우두커니 서있을 뿐이었다. '여기가 강원도 산골짜기랑 다를 게 뭐야? 내가 이런 풍경 보자고 돈과 시간을 들여 히말라야를 왔단 말인가?'

그때, 한 무리의 말떼가 올라왔다. 걷는 동안 여러 번 말떼와 소떼를 만나곤 했는데 사람 근처에 오면 속도를 줄였다. 뒤에 있는 목동이 신호를 주어서 그랬던 것. 당연히 이번에도 달려오는 말떼가 속도를 줄일 거라 생각했다. 그런데. 어, 어, 어, 하는 사이 말떼는 덮치듯 그대로 달려들었고 나는 급히 몸을 돌렸다. 어깨에 걸머진 배낭이 휘

청하며 그대로 고꾸라졌다. 하마터면 낭떠러지로 굴러 떨어질 뻔 아찔한 상황.

쓸데없는 생각들이 배설한 말(言)이 너무 많아 말(馬)한테 혼이 난 것인가. '생각 안하고 일단 그냥 걷는다며?' 이렇게 비웃듯 목동 녀석은 넘어진 나를 내려다보곤 킥킥거리며 지나갔다.

설산기행 3 - 인생은 苦다, Go다

트레킹 4일차 아침, K형이 이상해졌다. 처음에는 해발고도 2,920m의 롯지에서 자고 일어났으니 추워서 그러려니 싶었다. 그런데 K형의 호소를 들어보니 고산병의 증후임을 직감할 수 있었다. 머리를 감싸 안은 K형은 '뇌가 쪼그라드는 것 같다'며 괴로워했다.

고산병은 두통, 현기증, 구토, 무기력 등의 증상을 동반하는데, 높은 곳으로 올라가면 누구에게나 그 증후가 잠복한다고 한다. 다만 어느 정도 고통을 느끼느냐는 개인별로 다르다고. 그래서 평소에 뒷산도 못 오르던 중년여성이 무탈하게 히말라야 트레킹을 소화하는 반면, 심폐지구력 뛰어난 마라톤 선수가 도중에 쓰러져 실려 내려가는 일이 발생하는 거란다. 아직까지 현대의학은 고산병의 정확한 원인을 규명하지 못했고 진단법과 치료법도 존재하지 않는다. 먼저 히말라야를 다녀왔던 한 지인은 고산병을 예방하는 최고의 방법은 기도뿐이라고 했다. 다행히 나는 고산병 증세가 나타나지 않았으니 기도가 통했던 모양이다.

고산병 완화에 도움이 된다는 마늘수프를 먹고 생강차를 마시니 K

형의 컨디션이 조금은 회복되었다. 여기까지 온 이상 포기할 수 없다고 K형은 의지를 다졌고, 우리는 안나푸르나 베이스캠프를 향해 다시 걷기 시작했다.

여태까지 저질체력의 내가 항상 뒤쳐져서 빠상과 K형을 기다리게 했다. 그러나 3,000m 이상의 구간부터는 상황이 바뀌었다. 뒤쳐진 K형을 기다려야했다. 통증을 참으며 한 걸음 한 걸음 오체투지 하듯 걸어오는 K형을 위해 내가 해줄 수 있는 건 없었다. 그저 걱정해주고 격려해주고 기다려주는 것뿐, 직접적으로 해줄 수 있는 건 아무것도 없었다. 사실 내가 뒤쳐졌을 때는 앞서 가는 두 사람을 보며 미안한 마음과 함께 야속한 마음이 싹트기도 했는데⋯⋯ 기다리는 입장이 되니 그 나름의 고충이 있었다.

그렇지만 그런 여유와 성찰도 오전까지. 오후 산행에서는 내 페이스도 급격히 떨어졌다. 무릎까지 빠져드는 눈길과 날카로운 바람은 뒷덜미를 잡고 늘어졌다. 우리보다 두 배나 무거운 짐을 진 빠상은 저만치 앞서 가 기다리고, K형은 한참 떨어진 뒤에서 오체투지를 계속

하고 있었으며, 나는 둘 사이 어느 지점의 눈밭에 스틱을 내던지고 털썩 주저앉았다.

예전에 전투기 추락사고로 임사 체험을 했던 조종사의 일화가 생각났다. 죽음이라고 느끼는 순간 굉장히 편안했는데, 삶으로 다시 돌아오니 '죽을 만큼 아팠다'는 이야기. 이 정도 고통으로 죽지 않는다는 걸 뻔히 알지만, '죽고 싶을 만큼 힘든' 현실도 부인할 수는 없다.

그토록 원했던 히말라야에 왔지만 눈밭에 쓰러져 괴로워하는 마음을 어떻게 해석해야 할지 몰라 나는 당혹스러웠다. 生을 선택하여 나오지 않았고, 死 역시 한 치 앞을 알 수 없으니, 인생은 존재 자체로 苦다. 산의 중턱에 들어선 이상 끝까지 걸어 위로 오르든, 포기하고 밑으로 내려가든, 무엇을 선택하든 어쨌든 걸어야만 한다. 누구도 대신해줄 수 없는 그 길을 내가 'Go'해야만 한다.

설산기행 4 - 봉우리

내가 전에 올라가 보았던

작은 봉우리 얘기 해줄까

봉우리…… 지금은 그냥 아주 작은

동산일 뿐이지만 그래도 그때 난

그보다 더 큰 다른 산이 있다고는

생각지를 않았어

나한테는 그게 전부였거든

혼자였지

난 내가 아는 제일 높은 봉우리를 향해

오르고 있었던 거야……

_ 김민기 〈봉우리〉 중에서

마차푸차레 베이스캠프에서 2시간 거리에 있는 최종 목적지 안나푸르나 베이스캠프. 하얀 설원의 마지막 구간은 2시간이 아니라 20시간처럼 느껴졌다.

삶의 모든 마디들은 산을 오르는 것 같았다. 사람들은 그곳을 끝처럼 가리켰고 나도 그렇게 믿었다. 제 시간에 맞췄는지는 모르겠으나 죽을 힘을 다해 열심히 올랐다는 것은 분명하다. 하지만 그렇게 올라간 봉우리는 그저 다른 길로 이어지는 고갯마루일 뿐이었다. 마디를 여러 번 지났으나 아직 정상에 이르지 못했다는 게, 다행인지 불행인지는 여전히 잘 모르겠다.

눈물이 하얀 땀으로 축축하게 흘러내릴 즈음, 나마스테! 베이스캠프 표지판이 눈에 들어왔다. 먼저 도착해있던 빠상과 하이파이브를 하고 기념사진을 찍었다. 얼마 후 K형도 도착했다. 우리는 얼싸안고 할 수 있는 모든 세레모니를 하며 기쁨을 만끽했다.

나는 세상의 중심에라도 선 것 마냥 우쭐한 기분으로 베이스캠프를 둘러싼 설봉들을 파노라마로 촬영했다. 그때 헬리콥터 한 대가 요란한 소리를 내며 날아왔다. 우리는 히말라야를 휴대폰에 담고자 여념이 없었지만, 빠상은 헬리콥터를 찍느라 신이 났다. 감흥이 물결치는 히말라야의 풍경도 빠상에겐 그저 일상에 불과한 것. 안나푸르나 고봉을 향해 출정하는 원정대에게 이곳은 0점과 같은 곳. Base Camp,

그 의미를 다시 음미하였다.

롯지에 들어가 따뜻한 차를 마시며 몸을 녹였다. 벽에는 '일단 걸어라'고 얘기하던 박영석 대장의 사진이 걸려 있었다. 함께 원정에 나섰다가 실종된 강기석, 신동민 대원의 사진도 걸렸다. 창밖으로 세 명을 기리는 추모비가 보였다. 안나푸르나 남봉을 바라보는 추모비에 누군가 담배 한 개비를 올려 두었다. 담배연기는 하얀 구름이 되어 산봉우리 위로 올랐다. 나는 그들의 죽음을 믿지 않았다. 히말라야 너머 어딘가로 영원한 원정을 떠난 거라고 생각했다.

ABC트레킹을 마치고 며칠이 지난 후, 페이스북 프로필을 바꾸었다. 안나푸르나 베이스캠프에서 두 팔을 벌리고 폼 나게 찍은 사진을 올렸다. 오랫동안 연락이 끊겼던 친구에게서 안부 메시지가 도착했다.

"뭐야, 통 안 보이더니 그 사이에 산악인이 된 거야? 어디야, 어느 정상에 오른 거야?"
"정상은 무슨. 그냥 지나가는 봉우리일 뿐이지……"

그것만이 나의 오로라

처음엔 늙은 침엽수들을 집어삼키려는 회오리 같았다. 그러더니 이내 칠흑 같은 어둠을 초록의 불길로 태워버렸고, 무너진 하늘 사이로 사나운 용(龍) 한 마리가 올라갔다.

지구 밖으로 우주선을 쏘아 올리는 과학기술로 마음먹고 레이저 쇼를 벌인다면 그 정도 장면을 만들어내지 못하랴마는, 오로라에는 쇼가 흉내 낼 수 없는 무언가가 있었다.
"하느님이 말씀하시기를 '빛이 생겨라' 하시자 빛이 생겼다."
라고 할 때의 그런 빛이랄까. 복제(複製)와 재생(再生)이 불가능한 태초의, 유일한.

북위 62도에 위치한 캐나다 옐로나이프(Yellowknife). 나는 '오로라 헌팅'을 떠났다. 차를 타고 오로라가 잘 보일만한 장소를 찾아다니는 투어. 차량에는 나 외에 세 명의 참가자가 있었는데, 그들은 모두 어제 이어 두 번째 나서는 투어라고 했다.

몇 겹의 방한복을 껴입고 방한화를 신고 중무장을 했다지만 영하

30~40도까지 내려가는 기온에 칼바람이 몰아치니 당해낼 재간이 없었다. 차에 타고 있다가 오로라가 나타나면 밖으로 나서가 감상하다가 이내 들어와 몸을 녹이기고, 다시 나갔다 들어오기를 반복.

오로라의 황홀경에 빠진 나는 차 안팎을 들락날락하기를 멈추지 않았지만, 어쩐지 다른 일행들은 1시간 쯤 지나자 밖으로 나오지 않았다. 그들은 카메라 삼각대를 이미 접었고, 좌석 깊숙이 몸을 웅크리고는 빨리 시간이 가기만을 기다리는 눈치였다. 그 모습이 도저히 이해되지 않았던 나는 물었다. "아니, 이 좋은 걸 왜 안 보세요?" 돌아오는 대답, "저희는 어제 실컷 봐서요. 그리고 오늘은 별로네요. 어제는 붉은 빛깔도 나고 푸른빛도 강하고 훨씬 멋있었는데……."

어제 그들이 봤다는 광경이 어떠했는지는 몰라도, 나는 이 순간의 오로라에 충분히 만족스러웠다. 지금 나의 감흥을 겪어보지도 않은 어제 그들의 그것과 비교하고 싶지 않았다. 돌아갈 시간이 되었을 즈음, 하늘은 한 번 더 푸른 불길로 난리가 났다. 눈으로도 카메라에도 담을 수 없어 양팔을 벌렸다. 이보다 더 아름다운 오로라는 아마

없을 거야!

다음날 같은 시간대에 2일차 투어에 나섰다. 동행자는 몇 시간 전에 옐로나이프에 도착했다는 여성 한 명뿐. 그녀는 가이드에게 오로라를 볼 수 있는 확률에 대해 물었다. 계절과 기상상태에 따라 오로라의 강도와 빛깔이 달라지며 보통 1년에 삼분의 일 정도 볼 수 있다는 대답이 돌아왔다.

차 밖으로 나갔다. 날은 어제보다 흐리고 더 추웠다. 순간, 밤하늘로 희미하게 초록의 스크래치가 지나갔다. 그녀는 오랫동안 간직했던 버킷리스트를 드디어 이루었다며 환호성을 질렀다. 사실 그날의 오로라는 전날에 비하면 오분의 일 수준에 불과했다. 들락날락 하는 일이 힘들고 추워서 어느 순간부터 나는 계속 차 안에만 머물렀다. 바깥에서 삼각대에 카메라를 올려놓고 신이 난 그녀는 차창을 두드리며 내게 말했다. "아니, 이렇게 좋은 걸 왜 안보세요?"

순간 나는 '어제보다 별로네요'라는 말을 꾹 눌러 삼키고, 몸이 안 좋아서 그런다고만 대답했다. 굳이 어제 보았던 광경을 묘사하여 그녀의 감동을 반감시키고 싶지 않았다. 하긴 내가 뭐라고 이야기하든 상관은 없었을 것이다.

그녀는 그 순간 인생 최고의 오로라를

만나고 있는 게 분명했으니까.

복제와 재생이 불가능한. 태초의. 영원한

조르바

진한 경상도 사투리를 쓰는 그와 대화할 때면 나도 모르게 어설픈 사투리를 흉내 내었다. 그래야만 파도 같은 그의 이야기에 리듬을 탈 수 있을 것 같았다. 함께 지냈던 포카라를 떠나 바라나시에 도착해서 나는 메시지를 보냈다.

"내는 이제 막 도착했다. 즐거웠데이. 잘 지내그라~ 내가 여행하면서 만난 사람 중에 가장 조르바를 닮은 사람. 멋진 놈!"

"조르바가 누고?"

"소설 좋아한다믄서 〈그리스인 조르바〉 안 봤나?"

"연애소설이가?"

"아니."

"그럼 모리제. 근데 어떤 사람이고?"

"거 있다 아이가…… 니처럼 입담 구수하고 난봉꾼에 오늘만 사는 또라이."

"그래? 멋진 사람인갑네. 함 봐야긋다."

그를 '셰프'라고 불렀다. 요리 배우러 중국에 가서 학교는 진즉에 때려치우고, 요리로 품값 벌며 대륙을 떠돌았다던. 365일 일만 하느라 맨날 몸뻬 바지만 입고 벤츠는 관상용으로 주차장에 세워만 두었다던. 잘 나가던 식당 홀러덩 말아먹고 감당할 수 없는 빚에 감당할 수 없는 수면제를 입에 털어 넣었다가 엄마 생각에 토해내고. 죽느니 여행이나 하자며 9개월을 소처럼 일하고 3개월은 말처럼 쏘다닌다는. 화려한 연애담을 풀어내던 그를 향해 야유를 쏟아내는 사람들을 향해 '그래도 나는 사랑할 땐 한 사람만 죽도록 사랑한다고, 그 사람이 나를 사랑하던지 말든지 그런 건 중요하지 않다'며 심드렁하게 담배를 꺼내 물던. 부럽던 친구.

숟가락

라오스 야시장 한구석에 중학생쯤 되어 보이는 소년이 앉았다.

벌여놓은 좌판에는 은색 액세서리들이 깔려 있는데 공책만한 크기로 잘라 놓은 종이박스에 'Destruction & Reconstruction' 커다란 타이틀을 달고 그것들이 세상에 나온 이력이 쓰여 있다.

베트남 전쟁이 한창이던 1964년부터 1973년 사이에 베트콩을 토벌한다는 명목으로 미군은 라오스에도 폭탄을 쓸어 부었단다. 9년 동안, 24시간 8분마다 한번씩, 출근도장을 찍듯 투하한 폭탄은 모두 2억6천만 개. 육중한 쇳덩이를 모두 받아낸 숲과 들판은 말라 죽었고 전쟁이 끝나고 살아남은 사람들은 죽음의 파편들을 떼어다가 숟가락을 만들었다나. 세월이 흘러 뜻있는 사람들이 모여 폭탄 잔해로 사람과 땅을 다시 살리는 일을 벌이니,

이름 하여 The Peace BOMBS Project. 무엇을 고를까 고민하던 나는 숟가락 하나를 집었다. 하트도 있고 십자가도 있고 다른 예쁜 것들도 많았지만 숟가락을 골랐다.

전쟁이란 가장 약한 고리에 있는 사람들의 터전부터 망가뜨리는 것.
그러니 재건은 숟가락이어야 한다고, 평화는 구체적인 현실이어야
한다고, 좌판 앞에서 나는 생각하였다.

고작 1달러짜리 숟가락 하나 샀을 뿐인데, 소년은 세상 떠나가라 기
뻐하며 그것을 봉투에 포장까지 해준다. 연신 'thank you'라고 인
사하는 소년에게 고맙고도 미안한 마음이 들었는데,

나는 마땅한 말이 떠오르지 않아
고개만 끄덕였다.

네가 있어야 할 곳은 어디에

이집트 룩소르 신전 앞에는 하나의 오벨리스크*만 외로이 서있다. 처음에는 분명히 한 쌍이었을 텐데…… 잃어버린 짝꿍은 파괴되거나 약탈되었을 거라 짐작했다. 그런데 사연을 듣고 나니 황당하다. 19세기에 이집트 총독이 프랑스로부터 무기를 구매하기 위해 로비 차원에서 프랑스 왕에게 선물했단다. 현재 파리의 콩코드광장에 있는 바로 그 오벨리스크가 사라진 한 짝. 약탈로 끌려갔다 해도 서러울 판인데, 제 후손들에 의해 낯선 나라로 유배를 떠난 셈이니 그 심정이 오죽하랴. 수천 년 문화재를 아무렇지 않게 넘겨버린 이집트의 무지와 예술의 나라를 자처하면서 그것을 날름 받아 챙긴 프랑스의 얄팍함에 화가 났다.

영국박물관*에서도 그랬다. 엘긴 마블(Elgin Marbles) 전시실에서 이어폰을 꽂고 오디오 가이드 설명을 듣고 있었다. 그런데 조각품에 대한 설명보다 그것이 영국박물관에 있어야 할 당위성을 주저리주저리 늘어놓았다. 설명이 장황했던 이유는 엘긴 마블이 그리스의 파르테논 신전에서 떼어온 조각품이었기 때문. 정확히 지칭하자면 엘긴 마블이 아니고 '파르테논 마블'로 불러야 마땅한.

---

* 오벨리스크(obelisk) : 고대 이집트에서 태양신앙의 상징으로 세운 방첨탑(方尖塔). 하나의 거대한 석재로 만들며 단면은 사각형. 위로 올라갈수록 가늘어져 끝은 피라미드꼴이다.
** 영국박물관(British Museum) : '대영박물관'은 제국주의적인 표현이므로 '영국박물관'으로 표기한다.

파르테논 마블에는 콩코드광장의 오벨리스크보다 더 애잔한 스토리가 있다. 그리스가 오스만 제국의 식민 지배를 받던 1801년, 오스만 제국에 파견 나가 있던 영국대사 엘긴은 파르테논 신전에 장식되어 있던 조각을 '뜯어서' 영국으로 반출했다. 합법을 가장했지만 이민족의 문화유산에 관심 없던 오스만 당국에 로비를 벌였던 결과. 처음에는 엘긴 개인이 소장했지만 얼마 후 자신의 빚을 갚기 위해 영국 정부에 팔았다. 1816년에 영국 의회는 공식 승인했고, 그때부터 파르테논 마블은 영국박물관에서 전시되고 있다.

1832년, 오스만으로부터 독립한 그리스는 영국에 파르테논 마블 반환을 요구했다. 하지만 지금까지도 영국은 그리스의 요청을 묵살하고 있다. 반환을 거부하는 이유는 파르테논 마블이 그리스만의 문화유산이 아니라 인류 모두의 것이며, 그리스가 문화재를 제대로 관리할 만큼의 역량이 안 된다는 논리이다. 하지만 아테네에는 최신식으로 건립된 뉴아크로폴리스박물관이 오매불망 파르테논 신전을 바라보며 마블이 돌아오기만을 기다리고 있다.

단어 하나도 문장의 맥락에 맞게 쓰여야 아름답고, 명작도 그것이 놓여야 할 자리에 있을 때 더욱 빛이 나는 법. 콩코드광장으로 팔려간 오벨리스크도, 영국박물관에 사로잡혀 있는 파르테논 마블도 돌아가야 할 자리가 어디인지는 자명하다.

그런데 맥락에 맞게 제자리를 찾아야 할 것이 어디 문화재만일까. 사람도 그러해야한다면, 내가 있어야 할 자리는 어디인가? 그걸 찾기 위해 이렇게 떠돌고 있는지도 모르겠다.

266

4 장.

일몰처럼

아주 천천히

찰나의 틈 사이로 생멸이 꿈틀, 거리는 것을

버스킹 리듬은 유채색 향기로 피어나니

살아가는 일이 그렇듯 여행 또한 그러하더라.

계획대로 되지 않는 일이 많았고,

그렇다고 하여 그것이 꼭 나쁜 것만은 아니더라.

기대하지 않았던 우연이 가져다준 소소한 즐거움은

지나고 보니 무엇과도 바꿀 수 없는 행복이더라.

때론 지친 걸음을

때론 건조해진 가슴을

촉촉하게 다독여주었던 거리의 악사들.

귀 기울여 들어주는 사람 하나 없어도

혼신을 다해 노래하던 그들을 보며

나는 다시 깨어나 그 순간 그곳을 살 수 있었다.

아바나의 오비스뽀 거리가, 프라하의 카를교가, 모스크바의 지하철

이, 방콕의 카오산로드가 눈을 감아도

빛깔과 향기로 다가오는 건 그 때문이리라.

어느덧 무채색(無彩色)인가

어느새 무취(無臭)해졌는가.

그렇다면 다시 버스킹 리듬을 타야 할 때

우연한 행운을 믿고 무작정 길을 나서도 좋은 때.

No problem

늦은 오후, 갠지스강의 일몰을 보기 위해 철수 씨의 나룻배를 타러 갔다. 열두 살 때부터 25년째 뱃사공을 하고 있다는 철수 씨. 그는 오래전 이곳에 왔던 한국인 탐험가와의 인연으로 한국어를 배우게 되었단다. '철수'는 그 탐험가가 붙여준 이름. 독학으로 배운 것치고 철수 씨의 한국어 실력은 괜찮았다.

철수 씨는 천천히 노를 저으며 갠지스의 전설과 바라나시를 배경으로 살아가는 사람들의 이야기를 들려주었다. 그의 한국어 표현들은 전체적인 내용을 이해하는데 지장은 없었지만, 구체적이고 세밀한 느낌을 전달하는데 있어서는 확실히 성글었다. 예를 들면, 그의 '아파요'는 몸이 병드는 것과 마음이 아린 것이 구분되지 않았고, '슬퍼요'에는 슬픔을 느끼는 주체가 누구인지 모호했다. '없어져요'라는 말에는 사람이 죽는 일과 시신을 화장하는 일, 세월이 흐르는 것과 인간의 망각이 혼재되어 있었다.

나룻배는 화장터 가트*가 보이는 지점에 잠시 머물렀다. 화장터에는 장작더미가 여럿 보였다. 천에 싸인 시신은 강물에 몇 번 적셔진

---

*가트(Ghat) : 강과 육지를 연결하는 계단을 뜻한다. 바라나시 구시가지에는 80여 개의 가트가 갠지스강을 따라 늘어서 있다.

후 장작더미에 올려졌다. 천에 쌌다고는 하지만 사람의 형체가 고스란히 비쳐 보였다. 이윽고 장작더미에 불이 붙었다. 붉은 불길 사이로 사람의 형체가 서서히 사라져 갔고, 지켜보던 유족은 고개를 돌려 참았던 울음을 터뜨렸다. 주변에 있던 사람들은 모두 긴 침묵으로 빠져들었다.

화장에 쓰는 나무의 종류와 양에 따라 가격이 달라진다고 했다. 장작더미를 보면 망자와 유족의 주머니 사정을 짐작할 수 있다고. 나는 유난히 왜소한 그것에 눈길이 갔다. 장작에 불이 제대로 붙지 않았기 때문이다. 그것보다 늦게 불을 지핀 다른 장작들은 활활 타오르며 화염 속의 망자들이 천상을 향해 떠나가는데, 왜소한 장작에 누운 망자는 좀처럼 이승을 떠나지 못하는 것만 같았다. 저러다가 제대로 산화하지 못하고 불이 꺼져 버린다면…… 아까부터 주변을 어슬렁거리는 개에 자꾸 신경이 쓰였다.

그러나 이방인의 걱정은 부질없는 것이었다. 바라나시에는 가난한 자들을 위한 무료 전기화장터가 마련되어 있지만, 그곳을 이용하는 사람들은 많지 않다고 철수 씨는 이야기했다. 왜냐하면 바라나시의 갠지스강에 화장한 재를 뿌리면 윤회의 사슬을 벗게 된다는 믿음이 인도인들에게 있기 때문이란다. 왜소하나마 성스러운 강가에서 장례를 고집했을 유족의 정성과 갠지스에서 이승을 떠나는 망자의 홉족한 마음을 떠올리는 건 어렵지 않았다. 장작의 불길이 약하다고 해도 그건 인도에서 많이 쓰는 표현대로 'No problem'일 테다.

저마다 사연을 안고 불길에 휩싸인 망자(亡者)들, 그들의 회한을 살아있는 자의 성근 시선으로 어떻게 가늠할 수 있겠는가. 갠지스 강물에 유골을 뿌리고 그 물에 양치를 하고 빨래하는 사람들, 그들의 삶을 이방인의 성근 시선으로 어떻게 이해할 수 있겠는가.

가장 큰 하늘은 언제나 그대 등 뒤에 있다

"Cheer up, Mommy! Cheer up, Mommy!"

예닐곱 살 즈음 되었을까. 꼬마 녀석이 모래언덕 위에서 주저하고 있는 제 엄마를 향해 소리쳤다. 가슴에 보드를 깔고 70도 경사면을 미끄러져 내려오는 샌딩보드. 참가자 모두 신나게 내려왔는데 아이 엄마만 겁에 질려 주저하고 있던 상황. 아들의 응원에 힘을 얻었는지 엄마는 몸을 던져 멋지게 미끄러져 내려왔다. 꼬마는 엄마를 꺼안고, "She's my mother. She's very beautiful!" 노래를 부르며 사람들 사이로 뛰어다녔다.

호주에서 왔다는 꼬마 녀석은 고작 모래언덕에서 썰매를 탄 엄마도 저렇게 자랑을 하는데, 나는 왜 그리 어머니를 향한 표현에 인색했던 것일까. 자랑은 고사하고 왜 그렇게 짜증만 내었을까. 가족들한테 밥이며 국이며 좋은 그릇에 담아주시고 당신은 늘 냄비에 드시던 어머니. 그냥 버려도 될 남은 반찬을 기어이 드시던 어머니. 그런 어머니 모습이 싫어서 그게 뭐 대단한 일이라도 되는 것처럼 나는 화를 내었다.

수능시험을 본 다음날, 입사 면접을 보고 돌아온 다음날, 어머니께서는 이렇게 말씀하셨다. "다 네 운명이니, 되던 안 되던 너무 마음 쓰지 마라." 어쩌면 자식의 인생에서 중요한 고비가 될 수도 있는 상황에서 어머니는 담담하셨다. 그런데 어머니의 그 말씀은 이상하리만큼 마음을 편안하게 해주었다. 실제 당신의 심정이 어땠는지 나는 짐작할 수 없으나, 세상사 아무리 대단한 일이라도 자식이 건강하고 무탈한 일보다 중요한 건 없다는 의미로 들렸다. 그건 모래언덕 같은 응원이었다. 혹시 넘어진다 하여도 다치지 않고, 힘이 들면 언제든 기대댈 수 있는 포근한 쿠션 같은.

해는 저물고 사막의 오아시스 마을에도 하나 둘 불이 들어오고 있었다. 저 불빛마다 가족들이 모여 앉아 저녁식사를 하고 있겠지. 새끼들 먼저 먹이고 볼품없는 그릇에 가장 늦게 수저를 드는 어머니가 있겠지.

한 걸음 내딛을 때마다 발이 푹푹 빠져드는 사막은 점점 차가워지는데, 뒤뚱이며 걷는 나의 가슴은 점점 뜨겁게 모래바닥으로 꺼져 들

었다. '가장 큰 하늘은 언제나 그대 등 뒤에 있다*'고 했으니, 거대한
모래언덕 뒤에 숨어서 하늘에 들키지 않도록 밤새 울고 싶었다.

---

* 강은교 〈사랑법〉 중에서

어린 동주에게 들려주고 싶은 이야기

오래된 사진앨범을 열어보는 마음으로 팟캐스트에서 세월이 한참 지난 라디오 방송을 찾아 듣곤 한다. 이제는 거장이 된 영화감독이나 스타가수들의 데뷔 무렵의 인터뷰를 듣고 있자면 입가에 미소가 번진다. 진행자의 질문에 긴장한 채로 대답하는 풋풋함이 재미있다. 그들 대부분은 패기가 넘쳤지만 종종 미래를 확신하지 못하는 사람도 더러 있었다. 그럴 때면 나는, 이미 그의 미래를 다 알고 있는 나는, 스튜디오 문을 살며시 열고 들어가 귀에 대고 이야기해주고 싶은 충동이 일어나곤 한다. 다 잘 될 거라고, 걱정 말라고.

그런 밑도 끝도 없는 꿈같은 상상⋯⋯

'연길서역'. 큼지막한 한글로 써진 기차역을 빠져나와 버스를 타고 연길 시내로 들어간다. 공산당의 선전 문구도 한글이고, 버스정류장과 도로변의 간판도 한자보다 한글이 먼저 표기되어 있다. 중국의 어느 곳에서도 경험할 수 없는 낯설고 또한 익숙한 조선족 자치주(自治州)의 풍경. 짐을 한 보따리 싸들고 억센 사투리로 대화를 나누는 할머니들 사이로 차창을 보고 있자니, 오래전 한국의 어느 소도시로 시간여행을 떠나온 것 같다.

시인이 나고 자란 용정의 명동마을은 우리네 시골과 다르지 않다. 작은 산과 밭이며 낮은 담장들, 낡은 교회당과 오래된 기와지붕. 밤하늘을 올려다보면 가난한 이웃들의 이름과 비둘기, 강아지, 토끼, 노새, 노루…… 같은 그런 별들이 쏟아져 내릴 것 같은 정자. 어린 시인은 토속적인 환경에서 서정적인 모국어의 세례를 받았으리라.

고요한 골목길을 거닐다가 어디선가 들려오는 꼬마들의 목소리에 귀를 기울여본다. 책보를 둘러매고 돌아오는 아이들 사이에서 동주를 찾아내어 살며시 불러내고 싶다. 〈하늘과 바람과 별과 시〉라고 쓰인 손때 묻은 시집 한 권을 그의 손에 들려주고 싶다. 어리둥절한 표정으로 쳐다볼 소년에게 다짜고짜 이런 이야기를 들려주고 싶다.

누구도 너를 히라누마 도쥬(平沼東柱)*로 기억하지 않을 테니, 윤동주(尹東柱) 이름 석 자로 또렷하게 기억할 것이니 걱정하지 말라고. 부끄러움은 정작 부끄러워해야할 이들의 몫이지 네가 짊어져야 할 짐은 아니라고, 그러니 너무 부끄러워하지 말라고. 육첩방(六疊房) 남의 나라에서 시를 쓰게 되더라도 무기력한 처지를 괴로워하며 자책하

---

* 창씨개명한 윤동주의 이름

지 말라고. 무엇보다 너의 詩가 얼마나 많은 이들에게 위로를 주었

고, 또한 그들이 얼마나 너를 사랑하는지를.

그런 밑도 끝도 없는 꿈같은 상상……

상트페테르부르크에 가면 지하철을 타세요

상트페테르부르크는 101개의 섬을 500여 개의 다리로 연결하여 만든 운하도시입니다. 연두색과 하얀색 바탕에 황금이 수놓인 겨울궁전은 네바 강을 끼고 늘어서 도시를 빛내고 있습니다. 그곳은 사회주의 소련 시절에는 레닌그라드라는 이름으로 불리기도 했습니다.

늪지대를 10년 만에 '북방의 베네치아'로 바꾸어 놓은 표토르 대제, 소장품을 일렬로 늘어놓으면 27km가 된다는 에르미타주 미술관의 초석을 놓았던 예카테리나 2세, 지구상 최초로 사회주의 혁명을 성공시켰던 블라디미르 레닌.

여기까지는 검색으로 쉽게 알 수 있는 상트페테르부르크의 역사와 인물들의 이야기입니다. 그러나 그것은 사실의 일부일 뿐입니다. 우리가 진정으로 알아야 할 스토리는 스포트라이트가 비추지 않는 구석에 있는지도 모릅니다.

수도 건설을 계획하기 전, 아무도 거들떠보지 않던 불모지에 건축자재가 있을 리 만무했습니다. 늪지대를 메우기 위해 가까이는 핀란드부터 멀리는 중동까지, 도시 건설에 필요한 온갖 암석을 옮겨와야 했습니다. 화려한 궁전과 성스러운 성당은 15만이 넘는 인부들의 뼛가루로 쌓아올린 기적이었습니다.

2차 세계대전 당시 히틀러는 러시아를 점령하기 위해서 이 도시를 무너뜨려야한다고 생각했습니다. 도시는 무려 827일간 봉쇄되었고, 매일 네 번씩의 폭격이 반복되었습니다. 80만 명의 사람들이 굶주림과 추위에 죽어갔습니다. 그러는 와중에도 시민들은 에르미타주 미술관의 소장품을 열차에 실어 나르고 지하로 숨겨 지켜냈습니다.

'트로이도 함락되었고 로마도 함락되었지만, 상트페테르부르크는 함락되지 않았다.'
러시아의 자부심이 묻어나는 이 말은 도시를 만들고 지켜냈고, 또 지탱하며 살아가는 이름 없는 사람들에게 마땅히 돌려야할 헌사일 것입니다.

나는 상트페테르부르크에서 주로 지하철을 타고 다녔습니다. 천편

일률적인 여느 대도시의 그것과 달리, 상트페테르부르크의 지하철역은 각 지역의 개성을 살려 만들어졌습니다. 내부의 고풍스러운 인테리어를 둘러보고 있노라면 마치 박물관에 와있는 듯한 착각이 들기도 했습니다. 지루할 틈이 없었습니다.

상트페테르부르크의 지하철을 사랑했던 이유가 역사(驛舍)의 화려함에만 있지는 않았을 겁니다. 지하철에서 느껴지는 익숙함이 편안하고 좋았습니다. 객차 안의 풍경은 서울의 부대낌과 다를 게 없었습니다. 이어폰을 귀에 꽂고 스마트폰을 들여다보는 사람, 좌석에 앉아 조는 사람, 무거운 짐을 들고 빈자리를 찾는 사람, 문이 열리면 우르르 내리고 문이 닫힐까 급히 달려오는 사람들…… 만원 승객 사이에서 눈을 감고 있으면 어느새 나는 신도림역이나 사당역을 지나고 있는 느낌이 들기도 했습니다.

특별한 목적이 없음에도 불구하고 여러 번 찾았던 곳이 있습니다. 바로 러시아의 국민시인 푸시킨을 기념하여 만든 푸시킨스카야 (Pushkinskaya) 역입니다. 플랫폼에는 하얀 석고상이 있습니다. 꽃을 들고 앉아 있는 시인입니다. 어깨를 축 늘어뜨리고 걸어가는 사람들을 향해 '삶이 그대를 속일지라도 슬퍼하거나 노하지 말라…… 설움의 날은 참고 견디면 기쁨의 날은 오고야 말리니', 이렇게 응원을 보내는 것 같았습니다. 민초들에게 위로를 건네는 시인의 마음도 따뜻하고, 홀로 앉아 있는 시인이 외로울까 발밑에 노란꽃 한 묶음 놓고 간 사람의 마음도 따뜻했습니다.

가
장
큰
하
늘
은
언
제
나
그
대
등
뒤
에
있
다
고
했
으
니

243

자화상

길었던 세계일주가 끝나가던 어느 날,

대장정을 함께 했던 동지들을 불러 모아 단체사진 한 장 찍었다.

좌우가 다르게 바깥축만 닳아버린 운동화와

막 신다가 버려야지 했던 그러나 오래도 신었던 싸구려 슬리퍼.

원하는 만큼 대상을 담아내지 못해 늘 불만이던 카메라와

속도가 느려 버벅거리던 노트북.

지문이 남기고 간 흔적이 그대로 얼굴이 되어버린 휴대폰 화면과

땀에 절어 얼룩이 든 모자 안쪽.

여권이며 지갑이며 여행자의 생존을 가슴팍에 품었던 숄더백과

되는대로 구겨 넣어도 아무데나 던져 놓아도 불평 한 마디 않던

35리터짜리 등산가방.

사진을 찍으려다, 그것들을 물끄러미 바라보았다.

"수고했다" 부끄럽게 한마디 던지고, 얼른 셔터를 눌렀다.

내가 짐을 닮아간 것 같기도 하고 짐이 나를 닮아 간 것 같기도 한데,

하필이면 주인의 못난 것만 못된 것만 닮아 있는 것 같아 마음 한 켠

이 쓸쓸하다. 육신을 떠난 영혼이 허공에서 제 몸을 내려다보면 이런 느낌이 들까.

사진관 플래시 앞에서 잘 차려 입고 '하나, 둘……' 어색하게 웃으며 찍은 사진보다 짐 꾸러미 단체사진이 어쩌면 훨씬 나를 닮아있을지도. 그러니 훗날 영정사진 쓸 일이 생긴다면 이것으로 하면 어떨까, 피식 웃었다.

저 세상에서도 배낭 하나 단출하게 둘러매고

가벼이 떠나면 좋겠다고.

앙코르 사원에서

한 시절 세상을 호령하던 앙코르 제국은 화려한 사원들을 만들었다. 제국이 쇠퇴하고 사람들이 떠나가자 앙코르의 유적들은 거대한 밀림 속에 유폐되어 서서히 풍장되었다.

강인한 생명력을 가진 나무들은 건물의 틈 사이를 파고들었고, 뿌리가 가고자 하는 방향을 가로막는 성소(聖所)와 회랑(回廊)을 여지없이 무너뜨렸다. 사람들은 피땀으로 쌓아올린 인간의 유산이 사라져가는 모습을 보며 자연의 힘을 경외하고 찬미한다.

어떤 사원은 붕괴를 막기 위해 지지대를 받쳐 놓고 생명을 연장하고 있고, 어떤 사원은 말기 암환자처럼 죽음을 가만히 지켜보고 있다.

허나, 그것은 파괴라는 한 방향으로의 진행만은 아닌 듯하였다.

색 바랜 이끼가 덮인 돌무더기 너머 담벼락으로 나무는 뿌리를 뻗었는데, 목구멍을 넘어가는 낙지가 안간힘을 쓰듯, 나무는 그렇게 무너져 내리는 사원을 꼭 끌어안고 있었다.

서로 기대어 애증으로 뒤엉킨 두 운명은

창조와 파괴가 둘이 아니라는

모순된 진리를 알려주었고

변치 않고 영원할 거라 믿는 모든 것들이

환영임을 일깨워주었다.

찰나의 틈 사이로 생멸(生滅)이

꿈틀, 거리는 것을 나는 보았다

패밀리의 탄생과 소멸

석가모니 탄생지 룸비니에는 대성석가사가 있다. 아주 적은 보시만 해도 먹여주고 재워준다. 룸비니에서는 상상을 초월하는 더위와 습도 때문에 한낮에는 돌아다닐 엄두를 내지 못했다. 햇볕을 피해 절간의 처마에 앉아 부채질을 하고 있는데, 마당에는 중국이나 동남아에서 온 듯한 사람들이 보였다.

다음 날, 포카라로 가는 버스를 타기 위해 정류장으로 갔다. "혹시 담뱃불 좀 빌릴 수 있을까요?" 어제 절에서 봤던 사람이 말을 걸어왔다. "어머, 한국인이시네요?" "아이쿠, 한국분이셨구나!" 서로의 국적을 오해하고 있던 후질구레한 사람들 여섯이 반갑게 인사를 나누었다. 버스는 늦은 밤이 되어서야 포카라에 도착했고, 일행은 자연스럽게 같은 게스트하우스에 짐을 풀었다.

나이도 성별도 직업도 모두 달랐지만 포카라에서 우리는 공통점이 더 많았다. 어디든 갈 수 있다고 믿는 여행자였고, 섣부른 조언을 싫어했으며, 페와 호수 산책을 좋아했고, 구할 수 있는 모든 술을 사랑했다. 히말라야를 뒷산처럼 놓아두고 단추를 두어 개 풀어놓은 여유를 함께 즐겼다.

그리고 각자의 보폭에 맞추어 하나둘 떠나갔다. 헤어지고 나서도 패밀리는 SNS 대화방을 통해 소통했다. 누군가 새로 도착한 곳의 사진을 찍어 올리면 시샘어린 말투로 안전한 여행을 기원했고, 한국으로 돌아간 이가 일상의 부적응을 푸념하면 약 올리는 이모티콘으로 화답했다. 한동안 요란하게 울리던 메시지 알림은 점점 간격이 멀어졌고, 마침내 조용해졌다.

한참 시간이 흐른 어느 날, 나는 휴대폰을 포맷하려다 SNS 대화방에서 포카라의 옛 가족들을 발견했다. 프로필 사진이 모두 바뀌어 있었다. 일상으로 돌아간 그들은 말끔했고, 포카라에 있을 때와는 다른 사람처럼 보였다. 한번 안부 메시지를 넣어볼까 망설이다가, 이내 그만 두었다. 그건 쓸쓸함이나 아쉬움 같은 감정과는 다른 것이었다. 오래전 읽었던 〈무탄트 메시지〉의 다독임에 가까운 것이리라.

"미끄러지듯 나아가는 뱀이 자주 허물을 벗는 것을 보면서도 우리는 한 가지 교훈을 얻을 수 있다. 일곱 살 때 믿던 것을 서른일곱 살이 된 뒤에도 여전히 믿는다면, 평생을 살아도 얻는 게 없을 것이다. 낡은 생각과 습관, 의견, 때로는 친구까지도 뱀이 허물을 벗 듯 미련 없이 벗어 버릴 필요가 있다. 새 것을 받아들일 빈 공간이 없으면 새 것이 들어 올 수가 없다. 사람은 낡은 짐을 벗어 던질 때 한결 젊어 보이고 마음도 젊어진다."

친절하고 사랑스러운 땅, 카파도키아

'해가 뜨는 곳'

고대 그리스인들은 지금의 터키 땅인 아나톨리아 반도를 그렇게 불렀다.

수백만 년 전, 에르시예스(Erciyes)산에서 엄청난 규모의 화산 폭발이 있었고 두꺼운 화산재는 쌓여 굳어갔다. 그 후 수십만 년의 세월이 흐르는 동안 모래와 용암이 쌓인 지층은 몇 차례 지각변동을 거치며 풍화되었다. 영화 〈스타워즈〉와 만화 〈개구쟁이 스머프〉에 영감을 주었던, '친절하고 사랑스러운 땅'이라는 뜻의 카파도키아(Cappadocia)는 그렇게 탄생했다.

지금은 멋진 풍경하면 빼놓을 수 없는 명소가 되었지만, 사실 이곳은 오랜 세월 핍박받는 사람들의 은신처였다. 기독교가 공인되기 전, 초기 교인들은 로마제국의 탄압을 피해 카파도키아로 숨어들었다. 이후 이슬람이 지배하던 시절에도 그러했다. 지배자들이 보기에는 쓸모없는 황무지가 숨어 지내기에는 좋은 땅이었던 셈이다.

그들은 기이하게 생긴 바위에 굴을 팠다. 많은 수고를 들이지 않고도 거주공간을 마련할 수 있었다. 동굴처럼 생긴 바위굴에는 성당도 만들었다. 동굴벽면을 보면 지금도 성화(聖畵)의 흔적이 남아있다. 한편 카파도키아에는 200개 이상의 지하도시가 있었다고 한다. 놀라운 것은 지하 도시들이 터널을 통해 서로 연결되어 있다는 사실. 무너졌거나 무너질 위험 때문에 지금은 규모가 큰 두 곳만 공개하고 있는데, 그 중 하나가 데린쿠유(Derinkuyu)다.

데린쿠유 지하도시는 방과 부엌, 창고, 마구간, 교회 등 일상생활에 필요한 모든 시설을 갖추고 있었다. 그런데 입구와 통로가 굉장히 좁았다. 천장도 낮아서 허리를 숙이지 않고는 지나기가 어려웠다. 지하도시를 개미굴처럼 좁고 낮게 만든 이유는 보안 때문이라고 했다. 침략자들에게 은신처가 발각되었을 경우, 피해를 최소화하며 도망가기 위한 고육지책이었단다. 몸을 수그리고 마음까지 잔뜩 웅크리며 살았을 사람들의 처지를 생각하면, 이곳을 친절하고 사랑스러운 땅이라 부르는 게 적절한지 회의감이 들기도 했다.

다음날 새벽 일찍 숙소를 나섰다. 비가 오거나 바람이 강하게 불면 열기구를 띄울 수 없다고 했는데 다행스럽게 기상 상태가 좋았다. 가스를 이용해 불을 지피니 축 늘어진 벌룬이 둥글게 부풀어 올랐다.

열기구는 땅을 툭 차고 가볍게 떠올랐다. 가끔씩 칙~ 하고 가스불이 토해 내는 소리를 제외하면 어스름한 창공은 고요했다. 1km쯤 올랐을까. 황토색 지평선이 둥근 포물선으로 보였다. 그리고 그 끝점에서 미세한 점이 폭발하듯 퍼져나갔다. 보랏빛 하늘 속에서 주황빛 하늘이 터져 나오고, 주황빛 하늘 속에서 다시 노란빛 하늘이 터져 나왔다. 이국적이라는 표현으로는 모자란, 다른 행성에 와 있는 것만 같은 풍경이 펼쳐졌다. 이윽고 너른 대지는 황금빛으로 완전히 물들었다. 눈으로 보고 있지만 태양은 가슴 안에서 벅차올랐다. '해가 뜨는 곳'이란 짧지만 강렬한 수식이 그대로 어울리는 새벽의 환희.

땅에서는 보이지 않던 것이 하늘 위로 오르니 비로소 보였다. 누군가를 품어준다는 건 요란하지 않으면서도 따뜻하고 아름다운 이런 느낌이 아닐는지. 가만히 생각해보니 어디로도 갈 수 없고 숨을 수 없던 이들을 끝까지 지켜주었던 곳이 카파도키아였다. 친절하고 사랑스러운 땅이 맞는 거다.

길 떠난 이를 향해 누군가는 손을 흔들어줘야지

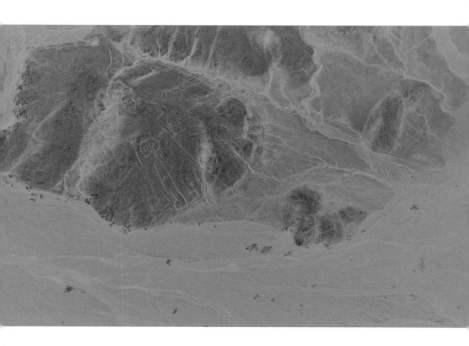

보이저 1호*와 2호가 출장을 떠난 시점을 알고 나서 깜짝 놀랐어. 1977년 8월과 9월이니 벌써 40년이 지났잖아. 워낙 조용하게 일을 하니까 우리는 잊고 지내지. 그러다가 보내준 사진을 받고나서야 그 존재를 기억해내고. 사람들이야 특종사진 몇 장 건져야 요란을 떨지만, 사실 그들은 쉼 없이 일을 하고 있었어. 검은 바다를 유영하며 촬영하고 전송하고…… 그렇게 우직하게 지구에서 멀어져 갔지.

어느 해 발렌타인데이로 기억해. 1호가 보내온 '창백한 푸른 점'**. 아주 멀리에서 고개를 돌려 지구를 바라보며 찍었던 한 장의 사진. 삶이 고단하고 미움으로 마음이 갈라질 때면 먼지처럼 찍힌 그 점을 보며 위로를 얻고는 해.

얼마 전에는 2호가 소식을 전해왔지. 태양계를 벗어나는 순간을 흥분하며 전달하던 앵커는 동력연료가 얼마 남지 않아 5년에서 10년이면 그들의 임무가 끝난다는 이야기를 덧붙였어. 고독한 임무를 마치고 은퇴하는 셈이니 잘됐다 싶기도 하고, 한편으론 더 이상 안부를 들을 수 없다는 사실에 먹먹한 마음도 들더라.

어느 날 나는 페루의 나스카 라인(Nazca Lines)을 날고 있었어. 뜨거운 태양이 작열하는 황색의 평원에 30개가 넘는 동식물과 200개가 넘는 선과 도형이 그려져 있는 곳. 항공노선이 생기기 전에는 존재조차 몰랐다는 신비롭고 거대한 그림들.

황량한 사막의 한복판에 누가, 왜 이런 그림을 남겨놓았을까? 사람들은 궁금해 했지. 별자리를 그린 것이다, 절기를 나타낸 것이다, 우주인의 활주로다, UFO 암호다, 등등. 추측은 분분하지만 그림의 제작연대도 측정할 수 없기에 풀리지 않는 수수께끼라고 해.

심하게 요동치는 경비행기 창가에 앉아 사막을 내려다보며 나스카 라인의 비밀에 대해 상상하고 있을 때였어. 산자락에 기대어 '손을 들고 있는 우주인'을 나는 보았지.

"그건 보이저 호(號)를 위해서 그랬던 거야."

우주인은 이렇게 말하는 것 같았어. 먼 길 떠난 이들이 고개를 돌려

고향을 봤을 때, 어디 즈음인지 알려주어야 하지 않겠냐고. 한평생 애타게 찾던 것들이 사실은 먼 우주공간에서 찾을 일이 아니었다는 걸 깨닫는다면, 너무 늦지 않게 다시 돌아오라고. 이렇게 크게 그림을 그려 손을 흔들고 있는 거라고.

---

* 보이저(Voyager) 1호, 2호 : 미국항공우주국(NASA)이 태양계 외각에 행성들의 탐사를 위하여 발사한 우주탐사선. 두 탐사선은 지금 본래의 임무를 마친 뒤 새로이 성간(星間) 임무(Voyager Interstellar mission)를 수행하고 있다.
** 창백한 푸른 점(Pale Blue Dot) : 1990년 2월 14일 보이저 1호가 촬영한 사진. 천문학자 칼 세이건의 주도로 촬영된 것이다. 세이건은 자신의 저서에서, "지구는 광활한 우주에 떠 있는 보잘 것 없는 존재에 불과함을 사람들에게 가르쳐 주고 싶었다"고 밝혔다.

꿈보다 깸이 먼저

세월을 잊어버린 섹시한 마릴린 먼로가 함께 사진을 찍자고 합니다. 스파이더맨과 트랜스포머도 먼저 인사를 건네며 다가옵니다. 그러나 나는 미소로 괜찮다고 했습니다. 굳이 돈을 써가며 기념사진을 남기고 싶지는 않았으니까요. 할리우드 '명예의 거리'(Walk of Fame)를 거닐 때, 무슨 이유에서인지 나는 그곳을 '스타의 거리'로 읽고 기억했답니다.

메이저리그 명문구단 뉴욕 양키스의 홈구장 복도에는 구단을 빛낸 전설적인 선수들의 사진이 즐비합니다. 핫도그를 입에 물고 베이브 루스와 디마지오의 오래전 모습을 바라보다가, '명예의 거리'를 '스타의 거리'로 발음했던 이유를 알 것 같았습니다. '스타 + 스토리 = 꿈'이라는 도식으로 설명할 수 있는 나라가 미국이기 때문입니다. 그건 예전만큼의 선망을 잃었다고는 하나 여전한 '아메리칸 드림'의 파워이기도 했습니다.

200년 남짓한 미국역사에서 최신버전의 꿈을 찾고자 한다면 아마도 뉴욕의 월스트리트로 가야겠지요. 거기에는 금융자본의 전성시대를 살아가는 우리의 꿈도 함께 있을 듯했습니다.

뉴욕증권거래소 앞에 있는 '돌진하는 황소상'. 황소상의 중요 부위를 만지면 부자가 된다는 풍문이 있습니다. 그날도 '거시기'를 만지기 위해 사람들이 길게 늘어서 있었습니다. 부자가 될 수 있다는 유혹에 나도 기꺼이 줄을 섰습니다. 거시기는 손길을 너무 많이 타서 애처로울 정도로 반질반질 빛났습니다. 황소를 에워싼 사람들이 워낙 많았던 탓에 사진을 찍기가 쉽지 않았습니다. 그것은 마치 각자도생의 살벌한 경쟁에서 살아남기 위한 우리들의 몸부림 같았습니다.

그런데 황소로부터 몇 미터 떨어진 곳에 한 소녀가 있었습니다. 기업에서 여성 임원을 늘리라는 취지로 어느 투자가가 세운 소녀상이라고 했습니다. 양손을 허리춤에 올리고 황소를 당차게 응시하는 소녀의 이름은 '두려움 없는 소녀상'. 그것이 만들어진 본래 의도와 상관없이 소녀는 이렇게 말하고 있는 것 같았습니다.

"새로운 꿈을 설계하기 전에 가능하다면 모든 종류의 꿈에서 깨어나야 합니다. '꿈'보다 '깸'이 먼저입니다. 집단적 몽유(夢遊)는 집단적 아픔 없이는 깨어나기 어려운 것임에 틀림없습니다. 그러나 우리는 꿈속에서도 이것은 꿈이라는 자각을 가질 때가 있습니다."
_ 신영복, 〈더불어 숲〉 중에서

저 혼자 빛나는 별은 없다고 했습니다. 하나의 스타를 위해 배경이 되어준 존재들을 망각한 이야기는 허구일지 모릅니다. 빛나는 별이 되기 위해 다른 이의 꿈을 짓밟고 이룬 성공 스토리는 기만일지도 모릅니다. 시대가 바뀌어도 언제나 사람들을 유혹하는 처세와 성공에 관한 이야기들…… 그것들을 읽기 전에 소녀의 목소리에 먼저 귀를 기울여야한다고 생각했습니다.

월스트리트의 소녀상은 임시로 설치된 조형물이라 언제 철거될지 모르는 처지라고 했습니다. 가급적이면 황소가 머무는 동안에는 소녀도 그 자리를 지킬 수 있으면 좋겠다 싶었습니다.

람세스의 미라는 마지막에

'나일(Nile)'은 '강'을 의미합니다. '나일강'이라고 부르는 순간, 강을 중복해서 말하는 것입니다. 이집트에서 강이 흐르는 땅은 3%에 불과하지만 인구의 97%가 그곳에 의지하여 산다고 하니, 이집트인들에게 나일강은 수식이 필요 없는 절대적인 생명수인 셈입니다.

강을 떠나서는 한시도 살 수 없던 인간에게 사막은 두려움이었습니다. 광막한 황색의 모래바다를 멀리서 지켜볼 수밖에 없던 사람들은 절대적인 세계를 동경하고 찬미했을 것입니다. 왜소한 인간을 닮은 무언가를 남기는 일 따위는 의미가 없다고 여겼을 겁니다.

육중하게 쌓아 올린 피라미드, 하늘로 뾰족하게 올라가는 오벨리스크, 그리고 절대자의 시점에서 묘사한 기하학적인 그림까지. 고대 이집트의 유적을 둘러보는 내내 사람의 향기를 맡을 수 없었습니다. 석상과 벽화에 사람의 형상은 있으나 무미건조한 표정뿐이었습니다. 개성을 찾아볼 수 없는 그림은 모두 같은 사람처럼 보였고, 단 하나의 인간만을 대표로 남겨 놓은 듯했습니다. 그 최후의 인간은 람세스 2세 같았습니다.

3천년 이집트 왕조에서 첫 손에 꼽히는 파라오. 람세스 2세는 66년간 나라를 통치하며 90세까지 천수를 누렸습니다. 최고의 권세를 누렸던 그는 절대자의 자리까지 오르고 싶었던 모양입니다. 아부심벨 신전을 비롯해 이집트 전역에 세운 젊고 강인하고 거대한 석상들은 그런 의지로 읽혔습니다.

이집트를 떠나기 전날, 나는 카이로 박물관에 갔습니다. 그곳에서 람세스 2세를 마지막으로 볼 수 있었습니다. 한 평 남짓한 크기의 관에 누워있는 그는 다른 곳에서 봤던 모습과 사뭇 달랐습니다. 떠나간 영혼을 기다리고 있는 미라는 치아가 다 빠지고 뼈만 앙상히 남은 노인의 형상이었습니다. 한없이 초라했습니다.

박물관은 미라에 대한 촬영을 엄격히 금하고 있었지만, 만약 허용되었더라도 나는 카메라를 들이밀지 않았을 것입니다. 그 몰골이 흉측해서라기보다는 연민의 감정 같은 게 아닐까 싶습니다. 턱을 다물지 못한 해골은 몇 마디의 신음을 뱉어내고 있는 듯 했습니다. 내 귓가에 그 말은 '허망하고 또 허망하도다.' 정도로 들렸습니다.

젊음도 욕망도 성취도 영원할 수 없다는 사실. 늙고 병들어 죽어가는 건 피할 수 없다는 사실. 최후의 인간도 결코 그 열망만은 이룰 수 없다는 처절한 허무. 그러나 이집트에서 처음으로 인간적인 향기를 맡는 순간이기도 했습니다.

람세스 2세의 찬란한 분신들을 먼저 보고, 박물관의 미라를 마지막에 본 것은 좋은 순서였다고 생각되었습니다.

일몰처럼 아주 천천히

사람들은 말했지.

루앙프라방은 시간이 아주 천천히 흐르는 곳이라고.

그래서였나. 매일 거닐던 메콩강의 해넘이는 유난히 느리게 느껴졌
어. 푸시산 정상에 올라서 볼 때나 강가에 앉아서 볼 때나 해는 스스
로 만든 노을을 뭉개며 더디게 산을 넘었지.

예전에 나는 일출을 아주 좋아했어.

스무 살 무렵 떠난 국토여행에서

모든 일정을 해가 떠오르는 동해안으로 잡을 정도였으니까.

그런데 언젠가부터 일몰이 좋아지더군.

해지는 풍경을 보는 일은 해돋이처럼 부지런을 떨어

새벽을 깨울 필요가 없고

하던 일을 잠시 멈추고 보아도 좋고

일과를 마치고 돌아오는 버스 안에서 보아도 좋으니까.

해넘이 장소는 어느 곳이어도 감흥이 있지.

빌딩숲 사이를 물들여도 멋지고

흰 소가 풀을 뜯는 논두렁이면 정겹고

집들이 다닥다닥 붙어있는 마을을 안아주면 따뜻하니

저마다의 사연만큼 일몰의 풍경은 있는 그대로 아름다워.

꽃잎이 지는 속도가 초속 5cm라고 했던가.

그러면 서쪽으로 해가 떨어지는 속도는 아마 초속 5mm 쯤 될거야.

이제 나는 일몰처럼 인생을 보고 싶어.

언제나 지금의 나이가

내가 살아본 최후의 순간일 테니

멀어지고 사라지는 것들에 대한 쓸쓸함이야

어쩔 수 없겠지만,

스물에는, 서른에는, 마흔에는, 꼭 해야 할 무언가가 있다는

자기계발서 따위의 유혹을 떨치고

지금까지 아무것도 이룬 게 없다는 자책과

무엇도 되지 못했다는 강박을 놓으려고 해.

그리고 시간을 조금은 비끼어 서서

그동안 보지 못했던 것들을 불 수 있었으면 해.

비상(飛上)의 법칙

마음 단단히 먹고 신청했지만, 정작 시간이 다가오니 망설여졌다. 다른 곳에서는 모르더라도 알프스에서만큼은 꼭 해야겠다고 작정했던 패러글라이딩. 긴장과 두려움으로 뒤범벅된 마음을 가라앉히려 숙소 앞을 서성였다. 지금이라도 취소를 할까 하고 머리를 굴리던 그때, 업체에서 보낸 픽업차량이 도착했다.

이카로스의 강렬한 호기심 따위는 아니었다.

중력을 거슬러 창공을 날면, 땅에 매인 속박들로부터도 잠시나마 자유로울 수 있지 않겠냐는 소박한 몸부림에 가까웠다. 그마저도 무서워서 포기할까 망설였던 거였고.

잠시 후 패러글라이딩 베이스캠프에 도착했다. 신청자마다 함께 비행할 파일럿이 배정되었다. 내 파일럿은 런던 출신으로 인터라켄에서 7년째 일을 하고 있다고 했다. 야산을 오르며 그는 가벼운 대화로 긴장을 풀어주었다. 그리고 안심시키듯 세뇌시키듯 같은 말을 되풀이했다.

"달리기 할 줄 알지? 이따가 장비를 착용 하고 나서 나랑 같이 내리막길로 뛸 거야. 벼랑이 보일 때 주저앉지만 않으면 돼. 뭐만 하지 말라고? 오케이! 주저앉지만 않으면 돼. 그러면 너는 날고 있을 거야."

탁 트인 언덕이 나왔다. 장비를 착용하고 몇 컷의 기념사진을 찍었다. 파일럿은 다른 팀보다 빨리 하자며 갑자기 몸의 방향을 내리막으로 돌렸다. 그리고는 나를 앞세우고 뛰기 시작했다. 뭐야? 벌써 시작인가! 엉겁결에 열심히 달렸다. 어 어 어…… 눈앞에 벼랑이 보였고 무의식적으로 무릎이 꺾이려던 차, 그가 외쳤다. 앉지마! 그 소리와 함께, 붕~ 몸은 하늘로 떠올랐다. 알프스의 시원한 파랑이 온몸으로 젖어들었다.

20분간의 짧은 비행을 마치고 착지하던 순간의 짜릿함. 그 느낌은 우주비행사가 지구로 귀환할 때의 감격과 다르지 않을 거라고 생각했다. 가슴은 뿌듯함으로 부풀고 귓전에는 여전히 그 소리가 웅웅거렸다.

"벼랑 끝으로 달리다가 주저앉지만 마.

그러면 날아오를 거야."

벼랑이 보일 때 주저앉지만 않으면 돼

이스탄불의 어느 골목길에서

주황색 가로등불이 있어야 길을 걸을 수 있는

그런 골목에서 잠들고 싶었다.

여행보다는 관광에 가까운 화려함 말고

여행보다는 일상에 가까운

평범함 속에 머물고 싶었다.

"시장, 목욕탕, 세탁소…… 관광지에서 경험할 수 없는 이스탄불의
일상을 체험하고 싶으시다면 좋은 곳입니다." 인터넷으로 숙소를 검
색하다가 눈에 확 들어왔던 문구. 망설임이 없었다. 하루 종일 쏘다
니느라 지친 몸을 이끌고 지하철역에서 내려 허정허정 걸어 15분.
허름한 카페 앞 테이블에는 게으른 남정네들이 모여 앉아있는데, 차
이*를 앞에 두고 담배를 꼬나문 그들의 빤한 대화는 멀리서도 알아
들을 것만 같았다.

이발소 앞 빨랫줄에 널린 수건에서는 기분 좋은 비누향이 날렸고, '미
미네 분식' 정도로 읽히는 작은 간판 식당에서는 구수한 빵 냄새가
배어 나왔다.

---

* 차이 : 터키식 홍차

어제와 같은 자리에 같은 표정으로 앉아 있는 구멍가게 주인을 스쳐 지나면 아빠 등에 업혀 나온 아이가 길고양이를 향해 손짓을 했다.

불빛 환한 큰 골목길에서 방향을 꺾어들어 스산하게 좁은 골목. 조금은 발걸음을 빨리 하여 초인종을 누르면, 덜컹! 하고 한숨을 내쉬는 철문 소리. 지구 반대편까지 떠나와 골목을 걷고 싶었던 건, 비루하다고 여겼던 일상까지 품어 안고 싶다는 바람이 아니었을까.

그래서 어딘가로 멀리 떠나고 싶다는 충동이 일어나는 건

더 가까이로 더 따뜻하게

돌아오고 싶다는 투정인지도.

Epilogue

집으로 돌아오는 길. 언제 그런 풍경을 눈여겨보았다고, 비행기에서 내려다 본 조국 산하에 괜스레 가슴이 울렁인다. 현지시간과 한국시간으로 나뉘어 있던 휴대폰 화면이 합쳐지고, 몸에 가장 익숙한 소리와 냄새가 달려와 빠르게 나를 리부팅한다. 아무렇지 않게 잘 돌아가는 세상의 문을 살며시 열고 들어가, 나는 지각생처럼 조용히 자리에 앉게 될 것이다.

머리에서 가슴까지 가는 길. 흔히 그것을 인생에서 가장 먼 여행이라고 이야기한다. 덧붙여 가슴에서 발까지 닿아야 여행이 완성된다고. 그래서 참다운 여행이란 머리와 가슴과 발을 일치시키는 과정이어야 한다고.

나의 여행은 어떠했는가. 머리 가슴 발이 일치되기는커녕 제 멋대로 분리되어 따로 놀았다. 마치 애니메이션에 등장하는 괴물처럼 걸어 다녔을 것이다. 뒤뚱뒤뚱, 그 몰골이 얼마나 우스웠을까. 그래도 어쩌랴, 그게 나의 길이고 삶이었다면. 지극히 개인적인 여행의 소회와 감흥을 굳이 글로 엮고자 했던 욕심은 어긋나 있는 그것들을 조금이나마 끼워 맞춰보려는 노력이었겠다.

최연 편집장과의 작업은 예상보다 오랜 시간이 걸렸다. 돌이켜보면 두서없이 하고 싶은 말만 많던 나의 글은 조잡하기 그지없었다. 덜어내고 잘라내라는 그의 조언이 처음엔 가혹하게 느껴지기도 했다. 그러나 그 과정을 통해 비로소 나는 생각을 글로 바꾸는 길을 알게 되었던 것 같다. 글을 다듬어 가는 동안 세상 여기저기에 뿌려놓았던 사유와 감정들이 퍼즐처럼 맞추어지기도 했다. 그 시간이 내겐 또 한 번의 여행이 되었다. 우둔한 사람을 믿고 기다려준 최연 편집장에게 감사의 인사를 전한다.

배움의 기회를 많이 얻지 못했던 나의 부모님은 아들이 책을 낸다는 사실 자체에 감격하셨다. 아쉽게도 아버지께서는 책이 나오는 것을 기다리지 못하시고 먼저 세상을 떠나셨다. 젊은 날의 애마(愛馬)를 타고 신나게 하늘을 달리고 계실 아버지와 거대한 모래언덕처럼 언제나 든든한 배경이 되어주시는 어머니께 이 책을 바친다.

책을 준비하는 동안 코로나19라는 누구도 경험해보지 못한 고난의 시기가 찾아왔다. 혹자는 이제 자유여행의 시대가 끝났다는 암울한 전망을 내놓기도 한다. 그러나 '여행이 우리를 떠났습니다'로 시작하는 어느 항공사의 광고처럼, 떠나간 것들은 반드시 제 자리로 돌아올 것을 믿는다. 길을 나서 본 사람은 알 것이다. 떠난다는 것은 돌아온다는 것과 동의어라는 사실을. 그 기억과 소망들이 모여 간절히 부르니, 너무 늦지 않게 바람이 불어올 테다. 우리의 머리를, 가슴을, 발을 유혹하는 바람이 다시 불어올 것이다.

길을 사랑하는 사람이여,

그때까지 부디 안녕하시기를.

떠나간 것들은 제 자리로 돌아올 것을 믿는다

303

길은 여전히 꿈을 꾼다   초판 1쇄 발행   2021년 1월 19일

지은이   정수현
펴낸이   최대석
기획   최연
편집   최연, 이진영
디자인   이수연, FC LABS
마케팅   김영아

펴낸곳   행복우물
등록번호   제307-2007-14호
등록일   2006년 10월 27일
주소   경기도 가평군 가평읍 경반안로 115
전화   031)581-0491
팩스   031)581-0492
홈페이지   www.happypress.co.kr
이메일   contents@happypress.co.kr
ISBN   978-89-93525-97-7   03810
정가   15,000원

                    이 책의 국립중앙도서관 출판예정도서목록(CIP)은
                    서지정보유통시스템 홈페이지(http://seoji.nl.go.kr와
                    국가자료공동목록시스템(http://nl.go.kr/kolisnet)에서
                    이용하실 수 있습니다.

꾸준히 사랑받는 ————————————————

 ———————— **여행 에세이 시리즈**

———————— **감성 에세이 시리즈**

———————————————————————— **콜렉션**

삶의 쉼표가 필요할 때
낙타의 관절은 두 번 꺾인다
옷을 입었으나 갈 곳이 없다

꾸준히 사랑받는 행복우물의 여행에세이/에세이 시리즈.

베스트셀러 작가가 되어버렸다! 금감원 퇴사 후 428일 간의 세계일주 –
꼬맹이여행자의 이야기를 담은 〈삶의 쉼표가 필요할 때〉, 암과 싸우며
세계를 누비고 온 '유쾌한' 에피 작가의 〈낙타의 관절은 두 번 꺾인다〉,
아름다운 문장으로 팬들의 마음을 사로잡은 이제 작가의 〈옷을 입었으나
갈 곳이 없다〉, 쉼표가 필요한 당신에게 필요한 잔잔한 울림들.

"손가락 사이로 미끄러지는 빛은 우리의 마음을 헤쳐 놓기에 충분했고,
하얗게 비치는 당신의 눈을 보며 나는, 얼룩같은 다짐을 했었다"
_ 이제, 〈옷을 입었으나 갈 곳이 없다〉

에세이 여행

한식대첩 서울대표, 김치 명인이 궁금해

김경미의 반가음식 이야기

〈여성조선〉 칼럼에 인기리에 연재된 반가음식 이야기 출시

김경미 선생이 공개하는 반가의 전통 레시피

하나. 균형잡힌 전통 다이어트 식단

둘. 아이에게 좋은 상차림

셋. 몸을 활성화 시켜주는 상차림

넷. 제철 식단과 별미음식

전통음식 연구가이자 대통령상 수상 김치명인인 김경미 선생은 우리 전통음식의 한 종류인 '반가음식'을 계승하고 우리 전통문화의 멋을 알리고자 힘쓰고 있다. 대학과 민간연구소에서 전통음식 연구에 평생을 전념했다. 김경미 선생은 국민훈장 목련장을 수상한 바 있는 반가음식의 대가이신 故 강인희 교수의 제자이다.

[instagram] banga_food_lab

요리 실용

가짜뉴스는 누가 어떻게 만들어 내는가?

가짜세상 가짜뉴스

가짜뉴스와 FACT 조차 의심해야 하는 시대에 대한 명쾌한 통찰!

'가짜뉴스'와 '팩트 체크'가 난무하는 이 시대에 '진짜' 뉴스는 존재하는 것일까? 가짜뉴스에 대한 입체적 분석을 통해 그 해답의 실마리를 찾아본다. 진짜와 가짜를 어떻게 구분할 것인가? 이 책은 저자의 탄탄한 이론과 실무경험을 바탕으로 가짜뉴스 현상에 대한 통찰을 제시하면서 언론의 보도관행, 권력기관, 대중들의 관계를 깊이 있으면서도 흥미롭게 풀어나간다.

"한마디로 유익하고, 재미있기까지 하다. 저자가 일선 현장에서의 실무 경험을 바탕으로 학문적 연구를 한 결과물이어서 균형감 있고 실감이 가는 내용이다. 특히 미디어에 관련된 유명 외국 서적들과 그 내용을 요령 있게 소개함으로써 관련 지식을 손쉽게 습득하는 소득을 얻을 수 있다."
_ 김황식 전 국무총리, 삼성문화재단 이사장

정치 사회

행복우물출판사 도서 안내

● 경영 경제　　자본의 방식 / 유기선
　　　　　　　　출판문화진흥원 중소출판사 우수도서 선정작 —
　　　　　　　　돈과 자본에 대한 통찰력있는 지식의 향연
　　　　　　　　KAIST 금융대학원장 추천도서, 2021 확고한 스테디셀러

　　　　　　　　어서와 주식투자는 처음이지 / 김태경 외
　　　　　　　　주식투자에 대한 재미있는 입문서 —
　　　　　　　　돈이 되는 가치투자를 알려주는
　　　　　　　　회계사와 증권전문가가 풀어내는 제대로된 투자 여행

● 기타 분야　　청춘서간 / 이경교 ○ 한 권으로 백 권 읽기 / 다니엘 최 ○ 흉부외과
　　　　　　　　의사는 고독한 예술가다 / 김응수 ○ 겁없이 살아 본 미국 / 박민경
　　　　　　　　○ 나는 조선의 처녀다 / 다니엘 최 ○ 하나님의 선물–성탄의 기쁨
　　　　　　　　/ 김호식, 김창주 ○ 여우사냥 / 다니엘 최 ○ 해외투자 전문가
　　　　　　　　따라하기 / 황우성 외 ○ 꿈, 땀, 힘 / 박인규 ○ 바람과 술래잡기하는
　　　　　　　　아이들 / 류현주 외 ○ 삶의 쉼표가 필요할 때 / 꼬맹이여행자 ○
　　　　　　　　신의 속삭임 / 하용성 ○ 바디 밸런스 / 윤홍일 외 ○ 일은 삶이다
　　　　　　　　/ 임영호 ○ 일본의 침략근성 / 이승만 ○ 뇌의 혁명 / 김일식 ○
　　　　　　　　벌거벗은 겨울나무 / 김애라 ○ 아날로그를 그리다 / 유림

행복우물 출판사는 재능있는 작가들의 원고투고를 기다립니다
(원고투고) contents @ happypress.co.kr

* 원고투고는 미완성 원고로도 가능합니다